KB115345

북검전기

우각 新무협 판타지 소설

FANTASTIC ORIENTAL HEROES

북검전기 5

우각 新무협 판타지 소설

초판 1쇄 찍은 날 § 2015년 2월 13일
초판 1쇄 펴낸 날 § 2015년 2월 27일

지은이 § 우각
펴낸이 § 서경석

편집부장 § 권태완
편집책임 § 박은정
디자인 § 신현아

펴낸곳 § 도서출판 청어람
등록번호 § 제387-1999-000006호
등록일자 § 1999. 5. 31
어람번호 § 제2-2571호

주소 § 경기도 부천시 원미구 부일로 483번길 40 서경B/D 3F (우) 420-822
전화 § 032-656-4452 팩스 § 032-656-4453
http://www.chungeoram.com
E-mail § chungeorambook@daum.net

© 우각, 2014

ISBN 979-11-04-90119-5 04810
ISBN 979-11-316-9283-7 (세트)

북검전기

5

우각 新무협 판타지 소설

FANTASTIC ORIENTAL HEROES

도서출판 청어람

目次

1장

전설(傳說)의 부활

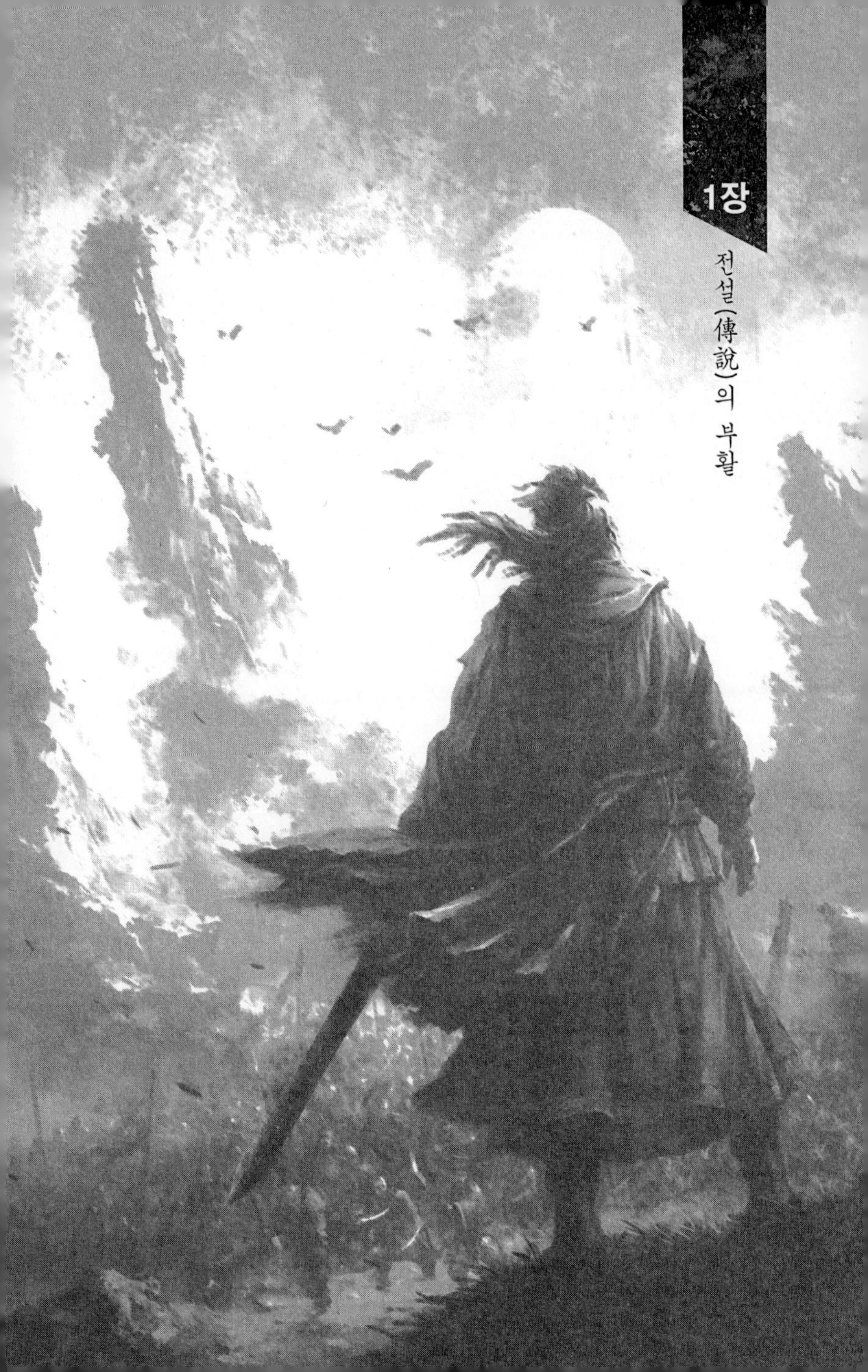

은원(恩怨)의 강이 모여 쟁패(爭覇)의 호수를 이루는 곳.
그곳이 바로 강호(江湖)다.

필사적으로 발버둥 치지 않는 자,
강호의 바닥에 가라앉게 마련이다.

　진무원의 광오한 외침에 일순 정적이 찾아왔다.

　모두가 숨을 죽이고 진무원을 바라봤다.

　일기당천(一騎當千)의 기세가 진무원의 몸에서 흘러나오고 있었다. 조금만 움직이거나 크게 숨을 쉬어도 베일 것 같은 칼날 같은 기세에 사람들이 진저리를 쳤다. 그중에는 엽평과 율경천도 있었다.

　이제껏 진무원의 존재를 알지 못한 그들의 얼굴에는 당혹한 기색이 역력했다.

　그중에서도 설풍대주 율경천의 놀람은 극에 달해 있었다.

그의 검이 진무원의 기세에 제멋대로 반응하고 있었기 때문이다.

칭! 칭!

마치 어린아이가 칭얼거리듯 진무원의 목소리에 검명을 흘리고 있었다. 평생 잡아온 검이 자신의 의지를 배신하고 진무원에게 반응하는 것은 그에게 무척이나 낯설면서도 두려운 경험이었다.

진무원의 등장에 제일 당황한 이는 바로 금단엽이었다. 진무원이 개입할 여지가 있다는 것을 알고 있었지만, 설마 이 순간 그가 이 자리에 나타날 줄은 미처 예상치 못했기 때문이다.

"갈(喝)! 하늘 높은 줄 모르는 천둥벌거숭이 같은 놈이로구나!"

그 순간 철령대의 부대주 서창윤이 진무원을 향해 달려들었다.

서창윤은 누구보다 불같은 성정을 가지고 있었다. 그는 갑자기 나타나 칼날 같은 기세를 발산하는 진무원을 그냥 두고 볼 정도로 호락호락한 남자가 아니었다.

그의 솥뚜껑만 한 주먹이 진무원을 향해 날아갔다.

낭아십삼권(狼牙十三拳).

옛 북천문의 절기가 그의 손에서 펼쳐졌다. 권기가 해일같이 일어나 진무원을 덮쳐왔다.

철령대의 몇몇 고수가 서창윤을 도왔다. 그들의 합공에 진무원의 몸이 풍전등화처럼 위태로워 보였다.

쒜애액!

모두가 진무원의 죽음을 예상한 그때 설화가 허공을 갈랐다. 순간 사람들은 자신이 베이는 것 같은 소름 끼치는 느낌에 진저리를 쳤다.

후두둑!

사람들 위로 뜨거운 무언가가 쏟아졌다.

몸을 적신 무언가를 손으로 만져보던 누군가가 자신도 모르게 중얼거렸다.

"피?"

그들의 시선이 절로 진무원을 향해 달려드는 서창윤의 등으로 향했다. 서창윤과 철령대의 무인들이 진무원을 향해 달려들던 그 자세로 멈춰 서 있었다. 사람들의 얼굴에 의혹의 빛이 떠오르는 찰나 그들의 몸통에 한줄기 사선이 나타났다.

사선을 비집고 선혈이 비치는가 싶더니 상체가 하체와 분리되어 바닥에 떨어졌다.

쿵쿵!

중인들의 심장을 때리는 묵직한 소리가 울려 퍼졌다.

"창윤!"

서창윤의 직속상관이자 철령대의 대주인 막굉의 절규가 터져 나왔다. 서창윤의 죽음에 그가 이성을 잃고 진무원을 향해 달려들었다.

"놈! 절대 용서하지 않겠다!"

임수광에게 치명상을 입힐 정도의 고수가 바로 철령대주 막굉이다. 그가 진무원을 향해 살초를 쏟아냈다.

콰우우!

막대한 기운이 진무원을 향해 밀려왔다.

그 순간 다시 진무원이 움직였다. 마치 격류를 타고 올라가는 연어처럼 그의 몸이 꿈틀거리며 막굉의 권기를 역으로 되짚어 올라갔다.

독보무쌍(獨步無雙)의 계류보가 펼쳐진 것이다.

막굉이 그 사실을 인지했을 때는 이미 진무원이 그의 지척에 도달한 후였다.

진무원의 손에서 섬광이 번뜩였다.

푸확!

막굉의 이마에 동전만 한 구멍이 뚫리더니 그대로 뒤로 나가떨어졌다.

쿵!

그의 몸이 바닥에 부딪치는 소리가 천둥이 되어 군웅들의 가슴을 울렸다.

엽평의 눈가가 파르르 떨렸다.

누구에게나 죽음은 공평한 것이지만, 최소한 철령대주 막 굉은 저렇게 허무하게 죽어서는 안 될 만큼의 무게감과 무력을 지닌 무인이다.

진무원의 가공할 무위에 모두가 숨을 죽였다. 개중 무공 수준이 높은 자들의 얼굴에는 불신의 빛이 떠올라 있었다. 진무원이 막굉과 서창윤 등을 죽이면서 사용한 초식은 그저 평범한 것들이었기 때문이다.

더구나 그는 검강은 물론이고 검기도 사용하지 않았다. 그들의 상식을 완전히 벗어난 신위였다.

진무원이 서늘한 시선으로 군웅들을 둘러보았다.

"다음은 누굽니까?"

그의 눈빛을 받은 무인들이 분분히 고개를 돌려 시선을 피했다. 본능이 그렇게 시킨 것이다. 하지만 모두가 그들 같은 것은 아니었다.

"건방진!"

이번엔 금단엽을 호위하고 있던 적귀병단 중 한 명이 진무원을 향해 달려들었다. 온통 붉은 갑주로 무장한 남자의 이름은 관산호, 남군위의 충복이었다.

그의 장창이 진무원의 목젖을 노리고 날아왔다.

콰콰콰!

장창이 그의 손바닥 안에서 자전을 하고 있었다. 관통력(貫通力)을 극대화시킨 일통섬(一通閃)이라고 불리는 살초였다.

관산호는 이번 일 초로 진무원의 목숨을 빼앗진 못하더라도 최소한 기세는 꺾을 수 있을 거라고 생각했다.

'초대받지 못한 불청객 때문에 대계가 어긋날 수는 없다.'

오늘을 위해 금단엽과 남군위는 수없이 많은 밤을 지새우며 심혈을 기울여왔다. 그 노력과 절실함을 알기에 관산호는 그야말로 혼신의 힘을 다했다.

그 순간 진무원이 설화를 앞으로 쭉 뻗었다.

여전히 검기도 뽑아내지 않는 진무원의 모습에 모두가 미친 짓이라고 생각했다. 그들은 이번에야말로 진무원의 검이 장창에 튕겨나갈 거라고 생각했다. 하지만 뒤이어 벌어진 일은 모두의 예상을 뒤엎었다.

촤하학!

설화가 장창을 두 조각으로 가르며 관산호의 가슴을 향해 다가왔다. 일통섬이 강제로 저지당하면서 장창을 잡은 관산호의 호구가 터져 선혈이 사방으로 튀었다.

"크윽!"

관산호의 입에서 비명이 터져 나오는 찰나 설화가 그의 이마에 동전만 한 구멍을 냈다. 마치 통나무처럼 그의 몸이 뒤로 넘어갔다.

쿠웅!

진무원이 서늘한 시선으로 다시 주위를 둘러보았다.

"다음 또 있습니까?"

"……."

이번엔 아무도 나서지 않았다. 아니, 나설 수가 없었다.

수많은 사람이 있었지만, 누구도 그와 시선을 마주치려고 하지 않았다.

오롯한 그의 존재감이 좌중을 압도하고 있었다.

그 모습에 엽평은 가슴이 크게 두방망이질 치는 것을 느끼고 당혹스러운 표정을 금치 못했다.

'절대의 고수.'

이 정도라면 가히 그가 주군으로 모시는 조천우에 비견될 만했다. 예상에 없던 절대고수의 출현은 그에게 충격을 안겨 주기에 충분했다.

하지만 그보다 더 그를 당혹스럽게 한 것은 진무원의 모습을 어디선가 본 듯하다는 것이다.

'내가 저자를 본 적이 있던가? 분명히 어디선가…….'

분명히 모르는 얼굴이다. 하지만 그럼에도 불구하고 익숙하다는 느낌을 지울 수가 없었다.

결국 엽평이 결심을 하고 앞으로 나섰다.

"그대는 누군가? 감히 패권회의 행사에 끼어들다니 겁을 상실했군. 지금이라도 물러선다면 이번 일은 그냥 넘어가겠네."

"당신은 그냥 넘어갈 수 있을지 모르지만 이젠 내가 그럴 수 없습니다."

진무원의 대답에 엽평의 눈썹이 꿈틀거렸다.

무시무시할 정도로 광오한 대답이다. 듣기에 따라서는 패권회 따위는 전혀 신경 쓰지 않는다는 것으로 받아들일 수도 있었다.

"광오하군. 천하의 패권회가 이리 무시당하다니."

"패권회가 대숩니까?"

"뭣이?"

"패권회가 무엇이기에 강호와 아무런 연관도 없는 사람들을 죽음으로 밀어 넣는단 말입니까? 당신들 때문에 옥계에서 죽어간 백성의 수가 얼마나 되는지 알고는 있습니까?"

"대의를 위해 어쩔 수 없는 선택이었다. 저들이 아니었다면 우리도 이런 무리수를 던질 이유가 없었다."

엽평은 금단엽에게 모든 책임을 넘겼다.

그에 이제껏 입을 다물고 있던 금단엽이 앞으로 나왔다.

"진 소협은 내가 짐작한 것보다 훨씬 더 고수였군요."

"당신은 내가 생각한 것보다 훨씬 더 잔혹한 사람이었구요."

"그런가요? 진정 그렇게 생각한다면 당신은 대책 없는 낭만객(浪漫客)에 불과할 겁니다. 목적을 위해서라면 수단과 방법을 가리지 않는 것이 강호의 율법입니다. 오직 살아서 모든 것을 쟁취한 자만이 자신의 정당성을 증명할 수 있지요."

"그래서 당신이 그렇게 증명하고자 하는 것이 무엇입니까? 수많은 이를 죽음으로 몰아넣으면서까지 말입니다."

"궁금합니까?"

진무원이 말없이 고개를 끄덕였다. 그러자 금단엽이 살짝 미소를 지었다.

"그럼 나를 쓰러뜨리십시오."

"당신들이 하는 말은 늘 똑같군요."

진무원이 한숨을 내쉬었다. 남군위 역시 그와 똑같은 말을 했기 때문이다.

"하하! 하는 수 없지 않습니까? 같은 부류니까요."

금단엽의 얼굴에서 서서히 미소가 사라져 갔다. 마치 전혀 다른 사람인 것처럼 표정마저 차가워진 금단엽에게서는 기이한 기세가 흘러나오고 있었다.

그의 시선이 반대편에 서 있는 엽평 등을 향했다. 그의 시선을 마주한 엽평과 율경천은 기이한 전율을 느꼈다. 자신들을 향한 그의 뿌리 깊은 증오가 느껴졌다.

'애초부터 패권회에 원한을 갖고 있는 것인가?

운남성에 정착한 후 패권회는 수많은 이의 삶과 터전을 짓밟고 지금의 아성을 구축했다. 그들 중 누군가가 원한을 갖는 것은 그리 이상한 일이 아니었다.

그러나 패권회가 운남에 정착한 지 겨우 십 년에 불과하다. 그사이 누군가 원한을 갖는다고 하더라고 그 짧은 시간 안에 이 정도의 준비와 무력을 갖춘다는 것은 거의 불가능한 일이다. 최소한 엽평의 상식으로는 그랬다.

금단엽이 자신의 손을 바라봤다. 티 한 점 없이 곱디고운 손이다. 여인의 섬섬옥수보다 곱고 아름다웠다. 하지만 그 손에 쥐고 있는 삶의 무게는 감히 타인이 상상할 수 없을 만큼 크고 엄청났다.

"나는 말입니다, 결코 멈추지도 망설이지도 않을 겁니다. 그러니까 이 미친 짓을 멈추려면 반드시 나를 죽여야 할 겁니다."

"그게 무슨……."

"그리고 나를 죽이는 사람이 있다면 당신이었으면 좋겠습니다. 이건 진심입니다."

지하의 공기가 변했다.

마치 폭발 직전의 화약고처럼 위태위태한 기운이 넘실거리기 시작했다. 진무원이 냉각시킨 공기를 금단엽이 다시 뜨겁게 달군 것이다.

그 순간 진무원의 뒤쪽에서 걸걸한 목소리가 들려왔다.

"흐흐! 단엽 자네는 결코 나보다 먼저 죽지 않을 거야. 내가 장담하지."

뒤를 돌아보자 거대한 체구의 남자가 엽평 등이 들어온 통로를 막아서고 있는 모습이 보였다.

진무원은 그를 한눈에 알아봤다.

"남군위."

"흐흐! 오랜만이다, 검귀."

자신의 덩치만큼이나 거대한 방천화극을 들고 있는 남자는 바로 남군위였다. 그는 씨익 웃으며 진무원을 바라보고 있었다. 얼마나 많은 이를 죽였는지 그의 방천화극 날에서는 선혈이 찐득하게 흘러내리고 있었다.

"검귀?"

"흐흐! 내 몸에 그리 큰 상처를 냈으니 그 정도는 되어야 하지 않겠느냐?"

남군위의 등 뒤로 붉은 갑주를 입고 있는 적귀병단이 보였다. 그들이 패권회의 무인들을 포위하고 있는 형국이었다. 피에 물든 그들의 모습은 악귀를 연상케 했다.

엽평의 눈가가 파르르 떨렸다.

"설마?"

"흐흐! 네놈들이 밖에 배치해 놓은 병신들은 모두 처리했다. 남은 것은 네놈들뿐이다."

엽평은 남군위의 말이 진실임을 깨달았다. 그와 적귀병단
의 몸에서 풍기는 진한 혈향이 그것을 증명해 주고 있었기 때
문이다.

남군위가 외쳤다.

"모조리 정리해!"

대답도 없이 적귀병단이 엽평 등을 향해 달려들었다.

남군위는 그들의 싸움은 보지도 않고 진무원을 향해 다가
왔다.

"네놈을 넘어서라고 했나? 네놈의 말, 반드시 책임져야 할
거야."

그의 몸에서 가공할 살기가 흘러나오기 시작했다.

남군위의 살기와 금단엽의 기이한 기세가 맞물려 장내의
공기가 다시 뜨겁게 달아올랐다.

진무원 때문에 억눌려 있던 이들의 싸움이 시작됐다. 사방
에서 피가 튀고, 죽어가는 자들이 내지르는 절규가 진무원의
가슴을 울렸다.

어느 한쪽이 전멸하기 전에는 결코 끝나지 않을 싸움이었
다.

진무원은 한 가지 사실을 깨달았다.

"전장을 지배하지 못하면 광기에 지배당한다."

진무원이 설화를 뽑아 들었다. 그 순간 남군위의 방천화극이 진무원을 향해 날아들었다.

*　　*　　*

캉!

청명한 쇳소리가 울려 퍼졌다. 진동하는 음파에 담긴 거친 살기가 공기를 요동치게 만들었다.

진무원과 남군위의 몸이 동시에 뒤로 튕겨져 나갔다. 하지만 그들은 이내 다시 대지를 박차고 서로를 향해 달려들었다.

카카캉!

설화와 방천화극이 부딪치면서 살기 어린 쇳소리가 폭풍처럼 사방으로 휘몰아쳤다.

이미 한 번 상대해 본 경험이 있기에 그들은 상대가 얼마나 무서운지 잘 알고 있었다. 특히 남군위는 그 어느 때보다 신중하게 무공을 펼쳤다.

화룡진염극을 익힌 이래 이렇게 최선을 다해보긴 처음이다. 한 초식 한 초식에 심혈을 기울이고, 혼신의 공력을 주입했다.

쿠우우!

방천화극이 용트림을 하듯 극기(戟氣)를 사방으로 발산했다. 흐트러진 실타래처럼 사방으로 나풀대던 극기는 이내 꼬이고 뭉쳐 뚜렷하게 방천화극의 형상을 만들어냈다.

극강(戟罡)이었다.

"화룡진혼(火龍鎭魂)."

진무원의 요혈을 향해 극강이 날아왔다. 진무원은 한 걸음 옆으로 움직이며 설화를 밀어내듯 쭉 뻗었다.

팅!

방천화극의 넓은 면을 설화의 검첨이 밀어내며 방향을 바꾸었다. 바뀐 방향에는 적귀병단과 설풍대의 무인이 한창 격전을 벌이고 있었다.

쾅!

극강에 격중된 무인들의 시신이 벽력탄을 맞은 것처럼 터져 나갔다. 그들은 비명도 지르지 못하고 육신이 해체되어 비극적인 최후를 맞이했다.

'차력미기(借力彌氣)?'

남의 힘을 빌려 타인을 공격하는 수법이다. 이화접목하고도 비슷하지만 적은 힘으로 최대한의 위력을 끌어낸다는 면에서는 오히려 더 상승의 공부라 할 수 있었다.

남군위의 얼굴이 일그러졌다. 차력미기를 사용한 것이 놀라운 것이 아니라, 당한 당사자가 자신이기에 더할 수 없이 굴욕스러운 것이다.

"감히!"

남군위가 이를 뿌득 갈며 진무원을 몰아쳤다.

방천화극이 공기를 가를 때마다 섬뜩한 바람이 일어나 사방으로 휘몰아쳤다. 그의 방천화극은 마치 이빨을 드러낸 곰 같았다.

거대한 덩치 때문에 얼핏 미련해 보이지만, 실은 상대방이 피할 방위까지 미리 계산해 폭풍처럼 몰아붙이는 것이다. 이제까지 상대한 적들은 그런 남군위의 공격에 속절없이 무너졌다.

첫 공격을 막으면 그보다 강력한 힘을 가진 이 격이 들어오고, 이 격마저 막아내면 광풍 같은 삼 격이 연이어 들어온다. 일단 한번 말리면 절대 벗어날 수 없는 남군위의 승리 공식이었다. 하지만 그런 그의 공격 방식은 진무원에게 통하지 않았다.

지금 진무원의 오감은 활짝 열려 있었다.

눈은 적의 미세한 움직임 하나도 놓치지 않고, 귀는 상대방의 들숨과 날숨을 파악한다. 피부로는 공기의 파동과 변화를 읽으며, 그 모든 것을 단숨에 조합하여 상대방의 공격 방향을 미리 예측했다.

일련의 작업은 순식간에 이뤄졌고, 진무원의 극도로 단련된 육체는 순간의 판단을 충실하게 이행했다.

바늘 한 점 들어갈 수 없을 정도로 절묘하게 아귀가 물려 돌아가는 공격의 수레바퀴와 그에 대응하는 움직임은 공방전의 진수를 보여주고 있었다. 하지만 그 속에 담긴 흉험함은 상상을 초월할 정도여서 감히 그 누구도 그들의 싸움에 개입할 엄두를 내지 못했다.

공격을 하면서 남군위가 으르렁거렸다.

"네놈은 누구냐?"

그의 물음엔 많은 의미가 포함되어 있었다.

진무원은 대답하지 않았다. 그는 오직 남군위를 쓰러뜨리기 위해 최선을 다할 뿐이었다.

상대의 호흡을 파악하고, 움직임을 예측해 미리 봉쇄한다. 일련의 과정을 통해 그의 검은 더욱 날카로워지고 있었다.

따다다당!

방천화극과 설화가 부딪치는 소리가 연신 울려 퍼졌다.

극강이 형성된 방천화극과 부딪쳤음에도 설화의 검신에는 미세한 흠집 하나 나지 않았다.

그들은 눈에 보이지 않을 정도로 빠르게 움직이며 격돌하고 있었다. 지하 공동 서쪽에서 시작된 그들의 싸움은 동쪽 끝으로 이어졌고, 다시 북쪽으로 진행됐다. 그들이 다가오면 근처에서 싸우던 무인들이 서둘러 다른 곳으로 피했다. 그만큼 흉험한 싸움이었다.

"이야아!"

쾅!

방천화극이 바닥을 때리자 방원 일 장의 커다란 구덩이가 파이며 돌들이 사방으로 비산했다. 하지만 그곳에 진무원은 존재하지 않았다.

하지만 남군위는 실망하지 않았다. 이미 평범한 초식으로는 진무원을 절대 따라잡을 수도, 어떤 피해를 줄 수도 없다는 사실을 깨달았기 때문이다.

진무원의 계류보는 평범한 방식으로는 절대로 붙잡을 수 없었다. 계곡을 굽이쳐 흐르는 물처럼 진무원의 보법은 예측할 수 없는 방향으로 끊임없이 변화하고 있었다.

'놈을 잡기 위해선 나 역시 도박을 해야 한다.'

남군위가 이를 악물었다.

설마 자신이 이렇게 전력을 다하게 될 줄은 꿈에도 생각하지 못했다.

'지금 이 순간만큼은 나도 인간이길 포기하마.'

쩡!

순간 그의 몸 안에서 무언가 깨지는 소리가 울려 퍼졌다. 그리고 그의 내면에 잠들어 있던 짐승이 깨어났다.

엽평이 율경천과 함께 금단엽에게 다가갔다.

주위에서 치열한 싸움이 벌어지고 있었지만 그들은 신경 쓰지 않았다. 어차피 이 싸움은 금단엽을 제압해야만 끝날 것을 알고 있기 때문이다.

금단엽은 그들이 다가오는 모습을 보면서도 피하지 않았다. 오히려 그들을 기다리고 있었다는 듯 옅은 미소를 지었다. 그와는 반대로 엽평의 얼굴은 더할 수 없이 굳어 있었다.

엽평이 입을 열었다.

"마지막으로 묻겠다. 네놈 혼자 이런 일을 저지를 리는 없을 터. 배후가 어디냐?"

"궁금한가요?"

"순순히 말하면 최대한 고통 없이 죽여주겠다."

"하하! 농담이 심하군요."

금단엽이 재밌다는 듯이 웃었다. 그에 엽평이 살기를 피워 올렸다.

"네놈 하나 죽는다고 끝났다고 생각하지 마라. 네놈의 부모, 형제, 피가 조금이라도 섞인 혈육까지 모두 찾아내 천참만륙 찢어죽일 테니까. 우리 패권회는 능히 그럴 만한 힘이 있다."

"알고 있습니다. 당신의 주군 조천우도 능히 그럴 만한 심성을 가진 자라는 것도. 그렇지 않았다면 북천문을 배신하지도 않았을 테지요."

금단엽의 말이 엽평의 역린을 건드렸다.

벌써 십 년이 흘렀지만 사람들은 아직도 북천문을 잊지 않고 있었다. 북천사주가 북천문을 배신한 대가로 중원에 들어왔다는 사실도 모르는 이가 없었다. 단지 말하지 않을 뿐이다.

평생 지워지지 않을 낙인이고 감수해야 할 업보였다. 하지만 타인의 입을 통해 듣고 싶은 말은 아니었다.

엽평이 율경천에게 고갯짓을 했다. 그러자 율경천이 앞으로 나섰다. 그가 검으로 금단엽을 겨눴다.

"네놈, 결코 쉽게 죽을 생각은 하지 않는 게 좋을 거다. 뼈에서 살점을 한 조각씩 도려내 주마."

"재밌군요. 저 역시 당신들을 쉽게 죽일 생각이 없는데."

"흥! 언제까지 그렇게 여유로울 수 있는지 보겠다. 차핫!"

율경천과 엽평이 거의 동시에 금단엽을 향해 달려들었다.

율경천의 검이 머리를 노리는 순간 엽평이 금단엽의 등 뒤로 돌아갔다. 그러나 금단엽은 재빠르게 옆으로 피하며 그들의 공격을 무산시켰다.

그가 미소를 지으며 품안에 손을 집어넣었다. 다시 밖으로 나온 그의 손에는 은빛으로 눈부시게 빛나는 통소가 들려 있었다. 그는 통소를 입으로 가져갔다.

그 모습에 율경천이 코웃음을 쳤다.

"가소롭구나. 그딴 퉁소로 무얼 하겠다고?"

그가 금단엽을 향해 살초를 풀어냈다. 하지만 금단엽은 추호도 당황하지 않고 퉁소를 입으로 가져갔다.

구슬픈 운율이 퉁소에서 흘러나왔다. 심금을 울리는 듯한 음률에 율경천과 엽평은 가슴이 진탕되는 것을 느꼈다.

"큭! 음공(音功)?"

우웅!

제일 먼저 이명증이 찾아왔다.

사물이 두 개, 세 개로 겹쳐 보이고 몸의 균형을 잡기가 힘들었다. 하지만 두 사람 모두 고수였다. 그들은 곧 내공을 끌어올려 심맥을 보호했다. 그러자 시야와 균형 감각이 정상을 되찾았다. 하지만 두 사람은 적잖이 놀란 상태였다.

설마하니 상대가 음공을 익혔을 줄은 예상하지 못했다. 더군다나 상대는 단 한 소절을 부르는 것으로 심맥을 진탕시킬 수 있을 정도의 고수였다. 강호에서 쉽게 보기 힘든 상대였다.

금단엽은 눈을 반쯤 내리깐 채 계속 퉁소를 불었다.

"크윽!"

비명 소리는 근처에 있던 무인들에게서 터져 나왔다. 갑작스런 음공에 대비하지 못해 심맥에 타격을 입은 것이다. 설풍대의 무인들이 충격을 받고 연이어 쓰러지자 율경천이 눈을 불을 켜고 달려들었다.

"놈! 멈추지 못하겠느냐?"

그의 검에 검기가 맺혔다.

음공의 무서움은 불특정 다수를 한꺼번에 공격할 수 있다는 데 있었다. 공기를 통해 음파가 전해지기에 내공으로 심맥을 보호할 정도의 고수가 아니라면 무방비로 당할 수밖에 없었다.

이대로 금단엽이 탄주를 하게 내버려 둔다면 피해는 기하급수적으로 커질 수밖에 없었다. 그 사실을 잘 알기에 율경천은 단숨에 금단엽을 격살하기로 마음을 바꿨다.

쉬악!

그의 검이 매섭게 금단엽을 향해 날아갔다. 율경천은 금단엽이 통소로 자신의 공격을 막을 것이라 생각하고 그 후에 펼칠 초식을 다섯 가지나 미리 준비했다.

그러나 그의 생각은 오래 이어지지 않았다.

투웅!

마치 무형의 막에 막히기라도 한 듯 그의 검이 금단엽 근처에서 튕겨져 나왔기 때문이다.

"크윽!"

쿵쿵!

그는 반진력을 이기지 못하고 뒤로 서너 걸음이나 물러났다. 그가 물러난 바닥에는 족적이 깊이 파였고 입에서는 한줄기 선혈이 흘러내리고 있었다.

율경천의 눈동자가 불신으로 흔들렸다.

"무형…… 음막(無形音膜)인가?"

음률로 무형의 막을 만들어 자신을 보호하는 음공 최고의 경지이다. 일반 무인들이 펼치는 호신강기와 비슷하지만, 제어가 힘든 음률로 만들어낸다는 것 자체만으로도 훨씬 더 고난이도의 공부에 속했다.

예상치 못한 금단엽의 경지에 율경천뿐 아니라 엽평도 당황했다.

'절대의 고수. 강호에 음공으로 이 경지에 오른 무인이 있다니, 도대체 이 정도의 무인을 움직일 수 있는 단체가 어디냐?'

금단엽의 무위는 이미 그들이 감당할 수 있는 수준을 아득히 넘어섰다. 상대는 그들의 주군인 조천우에게 도전할 만한 자격과 위엄을 갖추고 있었다.

순간 엽평의 뇌리에 한 가지 생각이 섬전처럼 떠올랐다.

"서, 설마 밀야?"

아무리 생각해도 이 정도의 고수가 나올 만한 곳은 그곳밖에 없었다. 그러고 보니 십 년 전에 북천문에서 밀야의 흔적이 발견되었다는 정보가 떠올랐다. 그 후 아무런 소식이 없었기에 유야무야 잊혔고, 엽평도 크게 신경 쓰지 않았다.

아니, 어쩌면 일부러 외면했는지도 몰랐다. 정말 밀야가 출현한 것이라면 북천사주의 정당성 자체가 크게 훼손되기 때문이다.

하지만 이렇게 된 이상 그들이 떠올릴 수 있는 가능성은 밀야밖에 없었다.

척추를 따라 소름이 올라왔다.

금단엽은 웃고 있었다. 고아한 문사처럼 단아하기만 한 미소가 왠지 더 무섭게 보였다.

"우릴 떠올리는 게 그렇게나 오래 걸릴 일이던가요? 역시 너무 오랫동안 잊혀져 있던 모양이군요."

"저, 정말 밀야냐?"

최대한 냉정하려 했지만 엽평의 목소리는 어쩔 수 없이 떨려 나오고 있었다. 그만큼 밀야라는 단어가 주는 충격과 무게감은 엄청난 것이었다.

더군다나 밀야와 상대하던 북천문에 잠시나마 몸을 담고 있던 엽평 같은 자들에게는 감당하기 힘든 중압감으로 다가왔다.

금단엽의 시선이 엽평을 향했다.

"이해합니다. 당신은 직접 밀야와 싸워본 세대가 아닐 테니까요."

공포의 실체를 직접 대면하지 않은 자는 타인의 공포심을 비웃는다. 자신은 다를 거라고 생각하면서 말이다. 그렇게 공포는 희석되고 잊혀가게 마련이었다.

밀야 역시 그렇게 잊혀갔다. 어떤 이들에게 밀야는 아득한 과거의 이름뿐일 것이다.

금단엽의 눈가가 붉게 물들어가고 있었다.

"이제 두 번 다시 잊을 수 없게 될 겁니다. 제가 그렇게 만들 테니까요."

이곳은 그가 준비한 죽음의 연주장이었다.

그가 다시 통소를 입에 가져갔다.

*　　*　　*

굴곡진 공동의 벽은 음향을 반사시키기 최적의 조건을 가지고 있었다. 금단엽이 이곳을 선택한 이유이기도 했다.

금단엽이 통소를 불기 시작했다.

그가 탄주하는 음률은 지하 공동의 벽에 부딪쳐 반사되어 다른 음향과 부딪쳤다. 통소 음은 해일이 되어 사방으로 퍼져가고, 몇 배나 더 증폭됐다.

챵! 챵!

도저히 통소 소리라고 볼 수 없는 음향이 사방팔방으로 퍼져 나갔다.

"으아악!"

사람들은 비명을 지르고 바닥을 나뒹굴었다. 그들의 귀에
서는 피가 흘러내리고 있고, 안구는 높아진 안압으로 인해 붉
게 충혈되었다가 급기야는 터져 나갔다.

금단엽이 만들어낸 처참한 광기와 죽음의 바다였다.

"크헉!"

심맥이 크게 진탕된 엽평이 피를 울컥 토해냈다. 내공으로
심맥을 보호해도 소용이 없었다. 금단엽이 퉁소로 만들어낸
음률은 고막을 뚫고 뇌리로 직접 전달되고 있었다.

율경천의 상황도 그보다 낫지는 않았다. 그 역시 최대한 내
력을 끌어올려 대항하고 있었지만 두 눈이 붉게 충혈되어 가
고 있는 것이 큰 타격을 받고 있는 것 같았다.

곳곳에서 패권회의 무인들이 피를 토하며 쓰러지고 있었
다. 분명 같은 음률을 듣고 있었지만 적귀병단은 영향을 받고
있지 않았다.

엽평의 얼굴이 더욱 하얗게 질렸다.

'어떻게 똑같은 음을 듣는데 누구는 타격을 받고 누구는
타격을 받지 않는 거지?'

엽평의 상식으로는 도저히 이해할 수 없는 현상이었다. 그
는 자신이 막연히 짐작하고 있던 것보다 금단엽이 더 무서운

존재라는 것을 깨달았다.

그 순간에도 퉁소 음은 더욱 고조되고 있었다. 금단엽의 연주가 절정을 향해 치달을수록 쓰러지는 사람들도 기하급수적으로 늘어나고 있었다.

고막을 파고든 음향은 두개골 안에서 이리저리 반사되며 뇌를 곤죽으로 만들고 있었다. 그 때문에 패권회의 무인들은 끔찍한 고통에 몸부림치다가 서서히 죽어갔다.

금단엽은 자신이 만들어낸 목불인견의 참상을 아무런 감흥 없는 시선으로 바라보았다.

죽어가는 사람들이 원망과 증오가 가득한 시선으로 그를 바라보고 있었다. 그들의 저주와 원념이 여과 없이 전해지고 있었다.

'어차피 이 역시 내가 감수해야 할 운명.'

촤앙! 촤아앙!

퉁소의 증폭된 기괴한 음향은 더욱 커져만 갔다.

"끄으으! 제발……."

"차라리 그냥 죽여줘."

진무원의 입가를 타고 한줄기 선혈이 흘러내렸다. 그 역시 금단엽의 예상치 못한 음공에 충격을 받은 것이다.

진무원은 급히 만영결을 끌어올려 심맥을 보호하며 주위

를 둘러봤다. 목불인견의 지옥도가 펼쳐져 있었다. 수많은 사람이 금단엽의 음공에 죽었으며, 또한 죽어가고 있었다.

진무원은 자신의 예상보다 음공이 더 끔찍한 무공이라는 사실을 깨달았다. 그리고 금단엽과 같은 수준의 고수가 마음을 먹으면 얼마나 참혹한 사태를 초래할 수 있는지 눈으로 확인했다.

하지만 진무원은 한가하게 생각을 이어갈 틈이 없었다. 그 순간에도 남군위의 파상공세가 이어지고 있었기 때문이다.

"흐흐! 어디에 한눈을 파는 거냐?"

쾅!

전보다 더욱 거세고 위력적인 공격이었다.

그의 방천화극과 격돌한 모든 것이 부서지고, 형체를 잃었다. 갑자기 남군위의 공력이 수배는 더 늘어난 느낌이었다.

'잠력(潛力)을 폭발시킨 것인가?'

금단엽이나 남군위 모두 뒤가 없는 사람처럼 모든 것을 아낌없이 쏟아붓고 있었다. 무엇이 그들을 그렇게 절박하게 만든 것인지 모르지만, 그로 인해 수많은 이가 죽어가고 있었다.

'분명 그들은 밀야에서 나왔다고 했다. 도대체 밀야 내에서 무슨 일이 벌어지고 있기에…….'

진무원의 낯빛이 절로 어두워졌다.

밀야에는 그가 결코 잊을 수 없는 사람이 있었다.

'한설.'

황철에 이어 은한설까지 엮였다. 악연의 끈이 어디까지 이어져 있는지 모르지만, 이대로 이들에게 마냥 끌려갈 수는 없었다.

설화를 잡은 그의 손에 힘이 들어갔다. 손등 위로 굵은 힘줄이 툭툭 불거져 나왔다.

남군위의 눈에도 긴장의 빛이 떠올랐다. 그 역시 진무원이 어딘가 변했다는 것을 본능적으로 감지한 것이다.

남군위 역시 공력을 극성으로 끌어 올렸다. 그러자 그의 장포가 커다랗게 부풀어 올라 펄럭이기 시작했다.

"끝을 내자."

남군위가 들소처럼 진무원을 향해 돌진해 왔다. 그의 방천화극에 맺힌 극강이 눈부신 빛을 발산했다.

콰우우!

극강에 주위의 공기가 바싹 타들어가며 진무원을 향해 화염풍(火焰風)이 밀려왔다. 숨을 들이쉬는 것만으로도 폐가 타버릴 듯한 가공할 열기에도 진무원은 눈 한 번 깜빡이지 않았다.

그의 눈은 방천화극이 아니라 그 뒤에 있는 남군위를 향해 있었다. 남군위와 그의 시선이 허공에서 마주쳤다.

순간 진무원이 남군위를 향해 설화를 뻗었다.

멸천마영검(滅天魔影劍) 제오식 섬광혈(閃光血).

키이이!

진무원의 의지에 동조한 설화가 소름 끼치는 검명을 터뜨렸다.

마치 비단 폭을 찢는 듯한 소리와 함께 남군위의 극강을 가르며 설화가 빛살처럼 뻗어 나갔다.

"……."

남군위는 방천화극을 휘두르던 자세 그대로 멈춰 있었다. 마치 그만이 홀로 시간이 멈춘 듯했다.

순간 눈을 부릅뜬 남군위의 얼굴에 균열이 일어나더니 방천화극을 쥔 두 손이 부르르 떨렸다.

남군위가 억지로 웃었다. 그의 이가 선혈로 붉게 물들어 있다.

"검…… 귀."

챙그랑!

방천화극이 바닥으로 떨어져 나뒹굴었다. 이어 남군위의 거대한 동체가 그대로 뒤로 넘어갔다.

진무원이 입가로 흐르는 선혈을 소매로 닦으며 남군위를 바라보았다. 무리하게 내공을 운용한 대가로 그 역시 적잖은 내상을 입었다. 하지만 그는 운공요상을 할 틈도 없이 몸을 날렸다.

금단엽의 대량 학살은 아직도 진행 중이었다. 그의 미친 짓을 막아야 했다.

진무원이 금단엽을 향해 외쳤다.

"멈추십시오!"

하지만 금단엽은 멈추는 대신 더욱더 크게 퉁소를 불었다.

쿠와아앙!

마치 호랑이가 포효하듯 퉁소 음이 수십, 수백 배 증폭됐다.

천붕멸절음(天崩滅絶音).

대량 살상을 위해 만들어진 최악의 음공이 펼쳐지는 순간 힘겹게 버티던 엽평과 율경천이 더 이상 견디지 못하고 통나무처럼 쓰러졌다.

"크헉!"

피를 한 됫박이나 쏟아내는 그들의 얼굴에 생기란 더 이상 존재하지 않았다.

천붕멸절음에 정면으로 노출된 진무원은 순간적으로 머릿속이 하얗게 비는 것을 느꼈다. 강렬한 음파에 그의 피부 위에 파문이 일어났다.

상상을 뛰어넘는 음파가 진무원 한 명에게 집중됐다. 바람이 불지 않는데도 진무원의 머리카락과 옷자락이 미친 듯이 펄럭였다.

"크윽!"

바닥에 깊은 고랑을 남기며 진무원의 몸이 뒤로 주르륵 밀려났다. 그 순간 진무원의 뇌리에 오래전 들은 전설 하나가 떠올랐다.

"설마 천공음마(天空音魔)의 천붕멸절음인가?"

북천문과 밀야의 전쟁이 한창 최고조에 달했을 때 전장에 나타나 대량 살상을 자행하던 음공의 대가가 있었다.

그가 비파를 연주할 때마다 수십, 수백 명의 무인이 피를 토하며 죽어나갔다. 당시 수많은 무인이 그에게 죽어나갔는데, 그 수가 무려 수천에 달할 정도였다.

당시 그에게 붙여진 별호가 바로 천공음마였다.

살아 있는 재앙이라 불리던 사대마장에 필적하는 악명과 공포의 대명사로 군림하며 전장을 지배했다. 비록 개개인의 무위에서는 사대마장에 비할 수 없었지만, 다수를 살상할 때의 효율성만큼은 사대마장조차 그를 따를 수 없었다.

운중천에서는 천공음마를 죽이기 위해 죽음의 함정을 설계했고, 수많은 사람의 희생을 발판으로 그를 유인하는 데 성공했다.

천공음마를 죽이기 위해 희생된 자의 수는 더욱 많았다. 그렇게 수많은 이의 희생을 치르고 나서야 천공음마를 겨우 죽일 수 있었다고 전해진다.

당시 천공음마가 사용한 음공이 바로 천붕멸절음이라고 했다. 일단 천붕멸절음이 펼쳐지면 방원 삼십 장은 그야말로 죽음의 대지가 되었다고 한다.

문득 금단엽이 퉁소를 부는 것을 멈추고 남군위의 시신을 바라보았다. 그의 얼굴에는 서글픈 빛이 떠올라 있었다.

"군위."

금단엽을 믿어준 유일한 친우였고, 그와 뜻을 함께한 행동 가였다. 그런 그의 죽음 앞에서도 금단엽은 마냥 슬퍼할 수가 없었다.

금단엽의 시선이 진무원을 향했다.

"진무원…… 그 이름을 한 번쯤은 들어본 것 같았습니다. 하지만 잘 기억이 나지 않았죠. 아마 누구도 그 이름을 북천 문과 쉽게 연관시키지 못할 겁니다. 북천문의 마지막 문주 진 무원, 그는 이미 십 년 전에 죽은 사람으로 알려졌으니까요."

"그러는 당신은 천공음마의 후예인 것 같군요. 맞습니까?"

"맞습니다. 내가 당대의 천공음마입니다."

북천문과 밀야의 후예가 수십 년의 시공을 건너뛰어 마주하고 있었다. 모두가 멸문했다고 생각했지만 그들은 끈질기게 살아남았다.

"역시 소문은 믿을 것이 못 되군요. 믿을지 모르겠지만, 당신이 죽었다는 소문을 들었을 때 내가 느낀 감정은 절망이었습니다. 북천문의 마지막 계승자인 당신마저 없다면 또 누가 있어 우리를 기억해 줄까요? 나는 잊히는 것이 두려웠습니다. 이렇게 아무런 흔적 없이 세상을 살아간다는 것이 미치도록 싫었습니다."

"그래서 이런 미친 짓을 벌인 겁니까? 단지 세상이 알아주길 바라서? 당신이 살아갔단 흔적을 남기고 싶어서?"

"설마요? 당신이 짐작하는 것보다 훨씬 더 복잡한 사정이 있답니다. 세상은 그렇게 간단한 곳이 아니니까요."

"밀야의 내분을 말하는 겁니까?"

"거기까지 아는 겁니까?"

금단엽이 놀랍다는 표정을 지었다.

"사대…… 마장, 모두 건재한 겁니까?"

"그들은 건재합니다. 비록 소소한 문제 몇 가지가 있었지만요."

금단엽의 대답을 듣는 순간 진무원은 몰래 안도의 한숨을 내쉬었다.

'한설…… 무사했구나.'

진무원은 격동을 숨기기 위해 주먹을 꽉 쥐었다.

"재밌군요. 세상은 모두 밀야와 북천문이 멸문한 것으로 알고 있는데, 그 후예들이 이렇게 한자리에 모였으니까요. 이래서 세상일은 한 치 앞도 내다볼 수 없다는 건가 봅니다."

금단엽은 미소를 지었지만 진무원은 웃지 않았다. 그 어디에서도 황철의 모습은 보이지 않았기 때문이다.

"당신이 납치한 자들을 광인으로 만든 이유가 뭡니까? 그리고 나머지 사람들은 어디……."

"경고를 하기 위해서랍니다, 진 소협."

"경고?"

"운중천을 향한 경고지요."

"도대체……."

"제가 말해줄 수 있는 것은 거기까집니다. 나머지는 스스로의 힘으로 알아내시길."

금단엽이 통소를 입으로 가져갔다. 또다시 천붕멸절음을 펼치려는 것이다.

진무원도 더 이상 어떤 대화도 통하지 않을 것임을 알았기에 망설이지 않고 설화를 들었다.

살아남은 적귀병단이 해일처럼 달려들었다. 진무원 단 한 명을 향해 금단엽의 천붕멸절음이 집중됐다.

설화가 공기를 가르고 진무원이 그들 한가운데를 내달렸다.

멸천마영검(滅天魔影劍) 제사식 폭우림(暴雨林).

검의 폭우가 쏟아졌다.

      *   *   *

청인과 곽문정의 얼굴에는 불신의 빛이 떠올라 있었다.

그들이 있는 곳은 지하 공동의 입구 밖이다. 천붕멸절음의 영역 밖이니 망정이지 만일 지하 공동으로 들어갔으면 그들 역시 심맥이 터지고 뇌가 곤죽이 되어 죽었을 터이다.

"맙소사! 밀야라니!"

"형이 북천문의 후예?"

오랫동안 잊혀 있던 전설이 되살아났다.

전설과 전설의 싸움이 그들의 눈앞에서 펼쳐지고 있었다.

그들의 싸움을 보며 깨달았다. 거짓된 평화의 시대가 가고 새로운 격변의 시대가 열렸다는 것을.

"쟁패(爭覇)의 시대가 열린 것인가?"

청인의 목소리는 불안하게 떨리고 있었다.

"휴!"

당기문이 한숨을 내쉬며 허리를 폈다. 그러자 옆에 있던 당미려가 그에게 하얀 수건을 건넸다.

"고맙구나."

당기문은 수건으로 얼굴에 흐르는 땀방울을 닦았다.

그의 앞에는 광인의 시신이 놓여 있었다. 밤새 그는 자신이 알고 있는 모든 지식을 총동원해 광인의 시신을 살폈다. 수십 개의 은침과 각종 독물을 이용해 시신을 시험했다.

"광증의 원인은 찾아내셨나요?"

"아직 갈 길이 멀구나. 그래도 대략 범위는 좁혔으니 차근 차근 시험해 나가면 윤곽을 잡을 수도 있을 것 같다."

"다행이네요."

당미려가 안도의 한숨을 내쉬었다.

"무슨 일이 있었던 게냐? 나보다 네 얼굴이 더 초췌하구나."

"아, 아니에요."

"말하거라. 무슨 일이냐?"

시신을 살피느라 당기문은 밖에서 무슨 일이 벌어졌는지 전혀 알지 못하고 있었다. 그만큼 집중하고 있었기 때문이다.

당기문의 추궁에 당미려는 어쩔 수 없이 간밤에 옥계에서 있었던 참극에 대해 말했다. 그녀의 말이 이어질수록 당기문 은 경악은 금치 못했다.

"정말 옥계에서 그런 싸움이 벌어졌단 말이냐?"

"예!"

"허어! 미쳤구나. 일반 백성이 대다수인 옥계 내에서 어찌 그런 일을 저지를 수 있단 말인가? 백성들의 희생이 엄청나겠 구나."

당기문이 고개를 내저었다. 그의 얼굴엔 참담함만이 가득 했다.

무공을 익힌 무인과 일반 백성이 혼재된 세상이 강호였지 만, 그래도 될 수 있으면 일반 백성의 삶에는 직접적인 관여를 하지 않는 것이 강호의 암묵적인 규율이다.

아무리 강호를 주름잡는 대방파라 할지라도 그런 강호의 율법을 어기면 공공의 적으로 낙인찍혀 견제를 받게 마련이었다. 그래서 정도를 표방하는 문파들은 될 수 있으면 사람이 많이 사는 곳에서의 충돌은 피하는 형편이었다. 그것은 운중천도 마찬가지였다.

패권회는 그런 강호의 규율을 공공연히 어긴 것이나 다름없었다. 비록 정체불명의 적들을 토벌하기 위해 한 일이라지만 용인될 수 있는 한도를 한참이나 벗어났다.

"내 당가로 돌아가는 대로 반드시 이 일을 공론화시킬 것이다."

"숙부님?"

"패권회주 조천우가 야망이 큰 자인 줄은 진즉 알았지만 이리 무도한 자인 줄은 정말 몰랐다. 이쯤에서 견제하지 않으면 분명 더 큰 사달을 내고 말 것이다."

당미려는 당기문이 진심으로 분노하고 있음을 알았다. 그리고 당기문이 진짜 이 일을 공론화할 것이라는 것도.

사태가 걷잡을 수 없이 커져만 가고 있었다.

'그 사람은 지금쯤 무얼 하고 있을까?'

당미려는 자신이 무의식중에 한 사람의 얼굴을 떠올리고 있다는 사실을 깨닫고는 소스라치게 놀랐다.

'진 소협.'

그녀가 떠올린 사람은 바로 진무원이었다.

모두가 외면할 때 그녀와 숙부를 구해준 남자. 그는 다른 이들처럼 단지 입으로만 정의를 떠드는 것이 아니라 확고한 신념을 가지고 움직였다.

신념을 관철시키기 위해 자신에게 가해질 불이익을 감수하고 움직일 수 있는 자가 몇이나 될까? 당미려는 이제까지 그런 남자를 단 한 번도 본 적이 없었다.

그의 얼굴을 떠올리는 것만으로도 그녀의 가슴은 두근거리고 있었다.

그때였다.

"아무도 안으로 들어갈 수 없습니다."

밖에서 그들의 거처를 지키고 있는 송경의 목소리가 들려왔다. 하지만 그의 목소리는 곧 잦아들고 누군가의 발소리가 가까워졌다. 그리고 방문이 열렸다.

"당 대협이십니까?"

문을 열고 나타난 이는 삼십 대 후반의 남자였다. 새하얀 영웅건으로 머리를 단정히 묶고 하늘색 장포를 입고 있는, 문사풍의 분위기를 물씬 풍기는 남자가 당기문을 바라보았다.

남자의 등 뒤에는 패도로 무장한 십여 명의 무인이 도열해 있어 심상치 않은 분위기를 풍기고 있었다.

당기문이 미간을 찌푸리며 입을 열었다.

"내가 당기문일세. 그쪽은 뉘신가?"

그러자 문사풍의 남자가 미소를 지으며 대답했다.

"운중천에서 파견된 담주인이라 합니다."

"그럼 자네가 이곳에서 만나기로 한 운중천의 사자인가?"

"운중천 적무당(赤霧黨)에서 파견 나왔습니다."

"적무당?"

"들어본 적이 없을 겁니다. 운중천 내에서도 아는 이가 거의 없는 조그만 조직이니까요."

담주인이라는 이름도, 적무당이라는 이름도 모두 처음 들어보는 것들이다. 그의 얼굴에 떠오른 의문을 읽었는지 담주인이 웃으며 품에서 서신 한 장을 꺼내 당기문에게 넘겨주었다.

"총관부의 부주인 관대승 대협이 전하라 한 서신입니다."

"관 대협이?"

총관부의 관대승은 그도 일면식이 있는 사람이다.

아홉 하늘이 항상 운중천에 상주하는 것은 아니었다. 그들은 특별한 일이 있을 때만 운중천에 들어오고 대부분의 시간을 자파에서 보냈다.

총관부는 그런 아홉 하늘을 대신해 실질적으로 운중천의 살림을 이끌어가는 중요한 조직이다. 관대승은 총관부의 수장으로 방대한 운중천의 살림을 꽤나 잘 이끌어가고 있다는 평가를 받는 인물이었다.

담주인이 건네준 서신에는 신분을 보증한다는 말과 함께 관대승의 직인이 찍혀 있었다.

"관 대협의 보증이라면 믿을 수 있지."

당기문이 고개를 끄덕이면서도 담주인을 자세히 살폈다.

언뜻 보면 평범한 문사처럼 보인다. 특별한 무기도 보이지 않고 그렇다고 고강한 무공을 익힌 것처럼도 보이지 않았다. 그런데 묘하게 거슬렸다. 확실히 꼬집어 말할 수는 없지만, 이상하게도 당기문의 신경을 긁고 있었다. 그러나 실체를 명확히 알 수 없기에 당기문은 속내를 드러내지 않았다.

"그럼 이제부터 함께 조사하면 되겠군. 광인의 시신은 확보되었으니 운중천이 조금만 더 도와주면 광증의 원인을 밝혀낼 수 있을 거야."

"그러실 필요 없습니다."

"응? 그게 무슨 말인가?"

"광증의 원인에 대해서는 이미 저희가 어느 정도 알아냈으니 당 대협께서 굳이 힘들게 조사하지 않아도 된다는 겁니다."

담주인의 말에 당기문이 두 눈을 동그랗게 떴다.

"자네들은 지금 도착하지 않았는가? 그런데 언제……?"

"사실 저희는 이곳에 들어온 지 조금 되었습니다. 미리 말씀드리지 못한 점, 당 대협께 사과드립니다."

"미리 들어와 있었단 말인가? 그런데 왜 그 사실을 숨기고 있었는가?"

당기문의 언성이 절로 높아졌지만 담주인은 표정 하나 변하지 않고 대답했다.

"저들의 관심을 돌릴 대상이 필요했습니다."

순간 당기문과 당미려는 담주인의 말뜻을 이해하지 못하고 잠시 눈만 끔뻑거렸다. 하지만 이내 그들의 낯빛이 변했다.

"그럼 우리가 미끼였단 말인가?"

"덕분에 적무당은 저들의 시선에서 벗어나 자유롭게 움직일 수 있었습니다, 당 대협. 운중천은 당가의 공을 결코 잊지 않을 겁니다."

담주인은 웃었고, 방 안에는 무거운 정적이 감돌았다.

＊　　　＊　　　＊

진무원의 전신은 온통 붉게 물들어 있었다. 그가 지나온 자리에는 수많은 적귀병단 무인의 시신이 널브러져 있었다.

"헉헉!"

절로 가쁜 숨소리가 흘러나왔다. 한 걸음씩 옮기는 다리가 천근만근 무거웠다. 마치 누군가 그의 다리를 끈질기게 붙잡고 늘어지는 느낌이다.

극도로 단련된 육체가 겨우 이 정도 움직였다고 피로를 호소할 리 없었다. 정신적인 피로가 극에 달한 것이다.

오늘 하루 수많은 이의 죽음을 경험했고, 그중 상당수는 진무원의 손에 죽었다. 어쩔 수 없었다는 사실을 알고 있고, 그들을 죽이지 못하면 자신이 죽을 수밖에 없다는 것도 알고 있다. 하지만 그렇다고 마음의 위로가 되는 것은 아니었다.

수많은 이의 피를 설화에 묻혔다. 설화의 표면에는 피 한 방울 남아 있지 않지만, 그 무게만큼은 태산이 되어 진무원의 양어깨를 짓누르고 있었다.

깊은 늪지에 빠진 것처럼 한 걸음 옮기는 것이 힘겹기만 했다. 그래도 진무원은 멈추지 않았다. 그의 시선이 향한 곳에 금단엽이 있었다.

금단엽은 여전히 눈을 감은 채 퉁소를 연주하고 있었다. 그의 연주는 최고조에 달해 있었다.

이젠 귀에도 들리지 않을 만큼 퉁소 음은 날카로워져서 진무원의 귓전을 파고들고 있었다.

만영결로 심맥과 고막을 보호하였지만, 퉁소 음은 진무원의 내부를 흔들고 있었다. 금단엽의 퉁소 음은 오직 단 한 명,

진무원에게 집중되어 있었다.

집중된 음파는 대량 살상 때의 두 배, 세 배 이상의 파괴력을 가지고 있었다. 일반인이었다면 집중된 음파에 벌써 전신이 해체되었을 것이다.

압박을 견디다 못한 진무원의 코에서 선혈이 터져 나왔다. 피부가 마치 물결처럼 일렁이며 고통으로 얼굴이 일그러졌다.

"크윽!"

천붕멸절음의 위력은 그야말로 상상을 초월했다. 더구나 밀폐된 지하 공간이라는 특수성이 더해져 위력은 수 배, 수십 배 증폭되고 있었다. 시간이 흐를수록 불리해지는 것은 진무원이었다.

'더 늦기 전에 승부를 걸어야 한다.'

일단 결심을 굳히자 진무원은 망설이지 않았다.

그가 설화를 잡은 오른손을 치켜들며 반대쪽 손에 공력을 집중시켰다. 공력이 집중된 검지로 설화의 검신을 때렸다.

따앙! 따앙! 따— 앙!

순간 강렬한 쇳소리가 금단엽의 퉁소 소리를 잠시나마 흔들어놓았다. 금단엽의 집중력이 깨진 것은 바로 그 순간이었다. 그 찰나의 빈틈이 진무원에겐 절호의 기회였다.

진무원의 몸이 계류보를 펼치며 쭉 뻗어 나갔다. 그에 금단엽이 코웃음을 쳤다. 예상치 못한 쇳소리에 잠시 평정심이 흔들리긴 했지만 그렇다고 연주를 멈출 정도는 아니었다.

그가 마지막 멸절음을 불기 위해 폐부에 숨을 가득 들이켰다. 가슴이 한껏 부풀어 오른 그 순간 그가 퉁소를 힘껏 불었다.

삐이이!

보통 사람의 귀에는 들리지 않을 고음파가 진무원을 향해 날아갔다. 그는 이번 한 수에 진무원의 목숨을 끊으리라 믿어 의심치 않았다.

그 순간 진무원이 대지를 박차고 허공으로 뛰어올랐다. 십여 장까지 뛰어오른 진무원의 몸이 회전하면서 금단엽을 향해 내리꽂혔다.

멸천마영검의 유성혼, 단천해, 폭우림 등의 초식이 연이어 펼쳐지면서 허공이 온통 검영(劍影)으로 뒤덮었다.

쉬가가각!

수십, 수백 개의 검영이 쏟아지는 모습은 어떻게 보면 장엄하기까지 했다. 금단엽은 자신이 천붕멸절음을 불고 있다는 사실조차 잊고 그 장엄한 광경에 압도당했다.

'이것이 북천문의 절기?'

퍼버버버버벅!

폭죽이 터져 나가는 듯한 소리가 지하 공동에 연신 울려 퍼지며 먼지가 자욱하게 피어오르고 부서진 돌멩이가 사방으로 비산했다. 입구 밖에서 지켜보던 청인과 곽문정은 급히 고개를 움츠리고 자신을 보호했다.

청인과 곽문정이 고개를 내밀었지만, 먼지가 자욱해 실내의 상황을 파악할 수가 없었다.

"형?"

곽문정의 목소리가 불안하게 떨려 나왔다.

잠시 후 먼지가 가라앉으며 장내의 풍경이 드러났다.

진무원과 금단엽 모두 한쪽 무릎을 꿇은 채 서로를 마주 보고 있었다.

문득 금단엽이 물었다.

"북천문의 절기인가요?"

"멸천마영검이라고 합니다."

"하하! 북천문은 모두의 눈을 속이고 이런 어마어마한 절학을 만들어냈군요. 정말 대단해요. 정말…… 크헉!"

갑자기 금단엽이 피를 토해냈다. 울컥 쏟아져 나온 핏속에 잘게 부서진 내장 조각들이 보였다. 뒤를 이어 그의 전신 곳곳에서 상처들이 쫘악 벌어지더니 핏물을 쏟아내기 시작했다.

진무원이라고 해서 멀쩡한 것은 아니었다. 천붕멸절음에 뇌가 진탕되어 사물이 두세 개로 겹쳐 보이고 계속해서 욕지기가 올라왔다. 마치 거대한 망치로 얻어맞은 듯 힘을 쓸 수가 없었고, 갈가리 해체되는 듯한 통증에 숨조차 제대로 쉬기 힘들었다.

그래도 진무원은 금단엽에게서 시선을 떼지 않았다.

백 년이 넘는 전쟁을 치른 밀야의 후예였지만, 왠지 밉다는 생각은 들지 않았다. 어쩌면 같이 잊혀졌다는 동질감 때문인지도 몰랐다.

금단엽이 피로 물든 얼굴을 겨우 들어 진무원을 바라보았다. 그의 망막에 비친 진무원의 얼굴은 왠지 슬퍼 보였다.

"나의 죽음을 슬퍼…… 하지 않아도 됩니다. 나는 이미 원하는 것을 이뤘으니까요. 내가 뿌린 씨앗들은 밀야를 다시 깨어…… 나게 할 거니까요. 그러니까 나는…… 한 점의 후회도 없어요."

"알고 있습니다. 당신은 결코 후회 따위 하지 않을 사람이라는 것을."

"하하! 역시 당신은…… 애뇌산 만절곡…… 꼭 가보……."

금단엽의 목소리가 뚝 끊겼다. 절명한 것이다.

진무원은 말없이 금단엽의 얼굴을 바라보았다. 피투성이였지만 이상하게 그의 얼굴은 편안해 보였다.

무엇이 그를 그토록 절박하게 만들었던 것일까? 무엇이 그를 이 지경까지 몰아붙인 것인가? 그가 목숨보다 더 소중하게 생각하는 이상은 무엇일까?

물어볼 것은 산더미처럼 많은데 그는 더 이상 대답할 수 없는 몸이 되었다.

"당신은……."

진무원의 말이 딱 끊겼다.

갑자기 거대한 기파가 덮쳐왔기 때문이다.

                    *   *   *

진무원의 몸이 석상처럼 굳었다.

움직일 수가 없었다. 움직이는 순간 거대한 살기가 그의 육신을 발기발기 찢어버릴 것 같았기 때문이다.

'누가?'

금단엽의 숨이 끊어진 순간 지하 공동을 덮기 시작한 거대한 기운은 그의 육신을 꼼짝도 할 수 없게 옥죄어오고 있었다.

지금 그의 몸에 남아 있는 내력은 겨우 한 줌에 불과했다. 평상시의 몸 상태라면 모르지만 지금의 상태로는 적의 한 초식도 감당하기 힘들었다.

진무원이 힘겹게 몸을 돌렸다.

그의 눈에 보이는 것은 오직 시커먼 벽뿐이었다. 만일 그의 존재감을 느끼지 못했다면 그냥 어둠만이 존재하고 있을 뿐이라고 지레짐작했을 것이다.

진무원은 눈가에 흐르는 피를 닦으며 안력을 집중시켰다. 그러자 어두운 벽을 배경으로 서 있는 남자가 보였다.

그는 마치 거대한 박쥐의 날개처럼 몸을 감싸고 있는 피풍의를 입고 있었는데, 숨을 들이쉬고 내쉴 때마다 피풍의가 마치 살아 있는 것처럼 꿈틀거렸다. 펄럭이는 피풍의 사이로 언뜻 은색의 창이 보였다.

남자의 얼굴은 이목구비가 뚜렷한 만큼 주름살도 깊고 선명했는데, 이상하게 늙어 보이지가 않았다. 오히려 주름살마다 드리운 음영이 그의 인상을 더욱 강인하게 만들고 있었다.

남자는 안타까운 표정으로 남군위와 금단엽의 시신을 바라보고 있었다. 두 사람의 시신을 바라보는 그의 눈에 언뜻 황금빛 안광이 맺혔다가 사라졌는데, 그로 미뤄보아 매우 특별한 심공을 익혔다는 것을 추측해 볼 수 있었다.

'검은 피풍의와 황금빛 안광. 분명 어디선가 들어본 적이 있는데.'

진무원은 분명 남자를 한 번도 본 적이 없었다. 하지만 왠지 그가 낯설게 느껴지지 않았다.

그는 애써 마음의 동요를 감추며 만영결을 운용했다. 지금은 입을 열 때가 아니었다. 입을 열면 그나마 남아 있는 내력 한 모금마저 흩어질 것 같았기 때문이다. 지금은 내력을 최대한 빨리 회복할 때였다.

다행히 남자는 진무원을 신경 쓰는 것 같지 않았다.

남자가 한숨을 내쉬며 입을 열었다.

"내가 늦었구나. 단엽, 꼭 이래야 했느냐?"

안타까움이 가득 담긴 음성이다.

그가 금단엽의 시신을 향해 걸음을 옮겼다. 그는 단지 가볍게 걸음을 옮겼을 뿐이지만, 그의 보보마다 공기가 미친 듯이 요동쳤다.

진무원의 눈빛이 침중해졌다.

'절대…… 그 이상의 경지.'

등 뒤를 따라 식은땀이 흘러내렸다.

피부에 소름이 올라오며 전신의 신경이 근질거렸다. 머릿속에서는 연신 경고음이 울려 퍼지고 있었다.

금방이라도 질식한 것 같은 존재감이 지하 공간을 가득 채우고 있었다. 그 상황에서도 쓰러지지 않고 버티는 자신이 용하다는 생각이 들 정도였다.

북천문을 나온 이후 이런 존재감을 가진 자를 보는 것은 처음이다. 그전에는 혼마라는 괴물과 백야선자만이 이런 압도적인 존재감을 가지고 있었을 뿐이다.

'백야선자? 사대마장?'

순간 진무원의 머릿속에 한 가지 가정이 떠올랐다.

검은 날개가 펼쳐지면 신창이 빛을 발한다. 하나 그것은 찬란하게 빛나는 죽음의 광휘.

밀야에게는 신창이라고 불리지만, 북천문의 무인들에게는 귀창(鬼槍)이라 불리던 전설적인 존재.

'검은 날개를 가진 신창…… 흑익신창(黑翼神槍)인가?'

진무원이 피가 나도록 입술을 깨물었다.

상대가 정말 흑익신창이라면 최악의 상황에서 극악의 상대와 조우한 격이다. 더군다나 연이은 싸움으로 인해 지금 그의 몸 상태는 정상이 아니었다.

만영결을 운용하면서 내력이 급속도로 회복되고 있지만, 이 정도로는 흑익신창 앞에서는 아무런 소용이 없다는 것을 그는 너무나 잘 알고 있었다.

흑익신창이 금단엽의 시신을 품에 안았다.

"단엽, 너는 언제나 모두의 시선을 한 몸에 받는 아이였지. 모두가 너를 아끼게 하고 미래를 기대하게 만들더니, 이제는 스스로의 죽음으로 우리를 밖으로 끌어내려 하는구나."

그의 음성엔 슬픔이 가득했다. 그는 진심으로 금단엽의 죽음을 슬퍼하고 있었고, 그런 그의 감정은 공기를 타고 진무원에게 전해지고 있었다.

진무원은 피가 싸늘히 식는 것을 느꼈다. 그의 슬픔에 담긴 가공할 살기를 느꼈기 때문이다.

혹익신창이 금단엽의 시신을 안은 채 자리에서 일어났다. 그의 시선이 진무원을 향했다.

"진무원, 북천문의 어린 호랑이여."

그의 목소리에는 스산한 살기가 담겨 있었다.

"나를 압니까?"

"어찌 모를 수가 있을까? 밀야의 숙적을."

"역시 밀야는 건재했군요. 단지 숨을 죽이고 있었을 뿐."

"그렇다. 이제 단엽의 죽음으로 밀야는 오랜 잠에서 깨어날 것이고, 천하는 큰 혼란에 빠질 것이다."

혹익신창의 눈에 다시 황금빛 광망이 떠올랐다. 그의 눈빛을 마주하는 순간 진무원은 안구가 깨어질 것 같은 아픔을 느꼈지만 결코 피하지 않았다.

"단엽은 많은 사랑을 받는 아이였다. 이제 이 아이가 죽은 이상 그를 아끼던 이들이 그의 뜻을 잇기 위해 세상으로 나설 것이다."

금단엽은 항상 외쳐왔다.

좁은 곳이 아닌 세상으로 나가야 한다고. 하지만 의지를 잃은 밀야는 그의 외침을 외면했다. 결국 그는 뜻을 함께하는 이들과 세상에 나왔다. 그리고 스스로의 죽음으로 잠든 밀야를 일깨웠다.

"밀야가 본격적으로 세상에 나올 거란 말이군요?"

"기대해도 좋을 것이다."

흑익신창이 어두운 천장을 올려다보았다. 금단엽은 저 어두운 천장 한가운데에서 빛나는 야명주 같은 존재였다. 이제 그 희미하던 빛마저 꺼졌으니 어둠 속에서 잠을 자던 이들이 빛을 찾아 밖으로 나올 것이다.

흑익신창의 말에 지하 공동 밖에 은신해 있던 청인이 몸을 떨었다.

"밀야가 다시 세상으로 나온단 말인가? 그들은 사라진 것이 아니었구나."

청인은 밀야의 공포를 직접 겪은 세대가 아니었다. 하지만 정보를 다루는 직업의 특성상 밀야와 연관된 정보를 수없이 접했기에 그들이 얼마나 가공할 만한 힘을 가지고 있는지 누구보다 잘 알고 있었다.

애써 태연하려고 했지만 그의 몸에는 진한 떨림이 일고 있었다. 머리보다 몸이 먼저 공포를 인지하고 반응하는 것이다. 흑익신창이 나타면서 일어난 현상이었다.

그의 옆에 있는 곽문정은 이미 동공이 풀려 있었다. 흑익신창의 가공할 존재감을 이기지 못한 뇌가 스스로를 보호하기 위해 외부의 자극에 대한 모든 연결을 끊은 것이다.

진무원의 입가로 선혈이 흘러내렸다. 그나마 좀 전보다 내력이 많이 회복되었지만, 아직도 흑익신창의 존재감을 감당하기엔 역부족이었다.

하지만 그는 이를 악물고 버텼다. 자신이 절대적으로 열세임을 알고 있다. 하지만 물러설 곳도, 물러설 시간적 여유도 없었다.

' 참고 버티며 어떻게든 내력을 회복하는 수밖에 방법이 없었다.

시간을 끌기 위해 진무원이 질문을 던졌다.

"건재하다면서 밀야는 왜 이제까지 모습을 감추고 있던 겁니까? 내분 때문이었던 겁니까?"

"내분? 그렇게 간단하게 표현할 수 있다면 얼마나 좋을까? 세상은 네가 아는 것처럼 그렇게 명확하게 정의할 수 있는 곳이 아니다."

진무원의 미간에 골이 파였다.

금단엽도 그렇더니만 흑익신창 역시 알 수 없는 이야기만 하기 때문이다. 하지만 함부로 넘겨들을 수도 없었다. 그들은 결코 허언을 하는 사람들이 아니기 때문이다.

흑익신창의 황금빛 광망이 더욱 강렬해졌다. 그에 진무원을 압박하는 기운도 더욱 거세졌다.

"크윽!"

진무원이 이를 악물며 설화를 움켜잡은 손에 힘을 줬다.

흑익신창이 그런 진무원을 보며 말을 이었다.

"당장 네놈을 죽일 수도 있지만, 그러지 않겠다. 너는 꼭 살아서 지켜봐야 할 것이다. 중원이 죄의 대가를 치르는 모습을."

우웅!

그의 말은 진무원에게 거의 예언처럼 들리고 있었다. 그만큼 확고한 신념과 힘이 그의 말 한마디 한마디에 담겨 있었다.

진무원의 눈에 핏발이 서며 붉게 충혈됐다. 그 역시 한계에 달한 것이다. 심맥은 터지기 일보 직전이었고, 금단엽과 적귀병단에게서 입은 상처가 다시 터져 피가 흘러나오고 있었다.

내공은 고갈되었고, 육체는 한계에 달해 있었다.

그 순간 그의 내부에서 무언가 변화가 일어났다.

바닥을 드러낸 그림자 내공이 갑자기 크게 요동치더니 그의 단전으로 모여들었다. 겨우 엄지손톱만 하던 그림자 내공은 단전을 크게 휘돌더니 전신으로 퍼져 나갔다. 마치 물먹은 솜처럼 진무원의 전신이 그림자 내공에 잠식되어 갔다.

한계에 달한 육체를 보호하기 위해 그림자 내공이 스스로 움직인 것이다. 그림자 내공은 외부의 기운을 암암리에 끌어오기 시작했다. 지하 공간에 가득 찬 것은 죽은 자들의 내력이다.

육체가 죽어 외부에 흩어지기 시작한 내력이 지하 공간에 가득 차 있었고, 그중 일부를 그림자 내공이 끌어와 진무원의 육체를 치료하기 시작했다.

그러나 흑익신창은 그런 사실을 까마득하게 모르고 있었다. 그것이 그림자 내공의 무서운 점이었다. 절대의 고수라 할지라도 내력의 유동은 절대 알아차릴 수 없었다.

진무원은 내력이 무섭게 차오르는 것을 느꼈다. 그러자 설화도 힘을 얻은 듯 그의 손에서 칭얼대며 특유의 요기를 흩뿌리기 시작했다. 그제야 흑익신창이 진무원의 변화를 알아차렸다.

그의 미간이 찌푸려졌다.

'이 녀석은…….'

그는 보기보다 오랜 세월을 살아왔다. 밀야와 북천문의 전쟁에 참여했고, 두 문파의 흥망성쇠도 모조리 지켜봤다. 그렇기에 북천문에 대해서 누구보다 잘 안다고 할 수 있었다.

하지만 그의 기억 어디에도 이렇게 요기를 흩뿌리는 무공이 있다는 이야기는 들어본 적이 없었다. 그의 요기에 반응해 신창이 반응하고 있었다.

우웅!

그의 신창이 상대의 기운에 반응해 먼저 울음을 터뜨린 것은 이번이 처음이다. 그만큼 상대가 만만치 않다는 뜻이다.

순간적으로 그의 살기가 증폭됐다.

자신이 가장 아끼던 금단엽을 죽인 자다. 차라리 지금 이곳에서 죽여 후환을 제거하는 것이 훨씬 더 나을 거란 생각이 들었다.

지금이라면 그리 큰 힘을 들이지 않고도 제거할 수 있을 거라는 유혹이 그의 내면에서 슬며시 고개를 들었다. 하지만 그는 이내 고개를 저었다. 이내 단엽에 생각이 미친 것이다.

그의 살기를 감지한 듯 설화가 더욱 강한 요기를 흩뿌리기 시작했다. 마치 폭발 직전의 활화산처럼 엄청난 긴장감이 장내에 감돌기 시작했다.

청인은 그 살기를 견디지 못하고 아예 곽문정을 데리고 밖으로 도주하기 시작했다. 아무리 호기심이 강한 그라도 더 이상은 견디기가 힘이 들었던 것이다.

청인과 곽문정이 사라진 뒤에도 두 사람의 대립은 계속됐다.

문득 흑익신창이 입을 열었다.

"지금 이 자리에서 네놈을 죽일 수도 있지만 그러면 단엽이 좋아하지 않을 것이다. 하나 이대로 고이 너를 보내주는 것도 내 자존심이 용납하지 않는구나."

그가 손을 들자 어느새 거대한 은빛 장창이 들려 있다. 은빛 장창의 표면에는 혀를 길게 내민 귀신 문양과 함께 의미를 알 수 없는 기하학적인 무늬가 음각되어 있었다.

그가 진무원을 향해 창을 내던졌다.

순간 그의 창에서 수십 줄기의 빛이 폭출되었다.

쉬이익!

진무원은 이를 악물며 설화를 휘둘렀다.

쿠콰가각!

지하 공동 안에 한줄기 폭풍이 휘몰아쳤다.

*   *   *

콰앙!

굉음과 함께 백가장원의 가장 큰 전각인 청명전(靑明殿)이 폭삭 무너지며 엄청난 양의 먼지를 피워 올렸다.

"아아!"

간발의 차이로 청인의 입에서 탄성이 터져 나왔다. 청명전 안에는 그가 빠져나온 비밀 통로가 존재했다. 청명전이 무너졌다는 것은 지하의 공간이 완전히 붕괴되었다는 말이나 마찬가지였다.

아직도 그의 눈에는 공포의 빛이 그대로 담겨 있었다. 빠져나오는 것이 조금만 늦었어도 청명전의 잔해에 그대로 짓눌려 목숨을 잃었을 것이다.

"그는 어떻게 되었을까?"

청인이 진무원을 떠올렸다.

흑익신창과 진무원의 싸움은 단순한 무인들의 대결이 아니었다.

밀야와 북천문이라는 잊힌 전설이 다시 부활했다. 그들이 일으킨 격류에 수많은 이가 휩쓸릴 것이 분명했다. 좋든 싫든 그 역시 진무원과 관계됨으로써 격류에 휩쓸리게 됐다.

청인의 어깨가 가늘게 떨렸다.

"이전까지 흑월이 수집한 정보는 이제 아무런 의미가 없게 됐다. 모든 정보는 이제 원점에서 다시 재검토되어야 한다.

가슴이 거대한 바윗덩이를 올려놓은 것처럼 무거웠다. 그 홀로 감당하기에는 너무나 가혹한 시련이었다.

그때였다. 갑자기 무너진 청명전의 잔해가 들썩이기 시작했다. 청인이 긴장하며 양손에 공력을 끌어 올렸다.

그 순간 잔해 속에서 손 하나가 불쑥 튀어나왔다. 뒤를 이어 회색 먼지를 잔뜩 뒤집어쓴 남자가 모습을 드러냈다.

"살아 있었구나."

그의 모습을 확인하는 순간 청인은 그만 제자리에 주저앉고 말았다. 청명전의 잔해를 뚫고 나타난 이가 바로 진무원이었기 때문이다.

진무원의 모습은 처참하기 이를 데 없었다. 채 딱지가 만들어지지 않은 채 입을 벌린 상처 위에는 회색빛 먼지가 가득했고, 적갈색 무복은 마치 걸레처럼 해져 있었다.

"크윽!"

진무원이 나직한 신음성을 흘리며 한쪽 무릎을 꿇었다. 그런 그의 옆구리에는 동전 크기만 한 구멍이 뻥 뚫려 있었다. 구멍을 중심으로 나선형으로 상처가 찢겨 있어 더욱 처참하게 보였다.

급히 혈도를 눌러 지혈을 했지만 피는 쉽게 멈추지 않았다. 그 모습을 본 청인은 급히 진무원을 향해 다가갔다.

"이봐, 괜찮아?"

"전혀."

진무원은 고개를 저으며 품에서 목함을 꺼냈다. 목함을 꺼내는 손이 덜덜 떨리고 있다. 그만큼 그의 몸 상태는 최악이었다.

홍은신단(紅銀神丹).

당기문이 그에게 준 선물이다.

진무원은 급히 홍은신단을 복용한 후 운기를 하기 시작했다. 청인은 그런 진무원의 모습을 복잡한 표정으로 바라보았다.

'이 남자가 북천문의 후인이라니…….'

이전까지만 해도 그는 그냥 강한 무인 중 한 명이었다. 그가 아무리 강하다고 하더라도 천하의 정세에 끼치는 영향은 극히 미미했다. 하지만 북천문의 후인이라면 이야기가 달라졌다.

아직도 강호에는 북천문을 그리워하는 이가 많이 남아 있었다. 그들이 진무원을 중심으로 뭉친다면 어떤 일이 일어날지 몰랐다.

'아니, 그 전에 운중천에 의해 제거될 거야.'

진무원은 운중천에 큰 부담이었다. 그가 살아 있는 것을 결코 탐탁지 않게 여길 것이 분명했다.

청인의 머리가 팽팽 돌아갔다. 그는 진무원이라는 존재가 현 강호에 미칠 영향과 미래를 예측하느라 눈이 빠질 지경이었다.

한참의 시간이 지난 후 청인은 결론을 내렸다.

'앞으로 어떻게 되든 간에 우선은 이 남자가 북천문의 마지막 후인이란 사실을 은폐해야 해.'

그렇지 않아도 밀야의 등장 때문에 혼란해질 터이다. 불안감이 들불처럼 번질 텐데 거기에 진무원이라는 기름까지 뿌릴 수는 없었다.

'이자의 과거를 새로 만들어내야 한다. 언제까지 운중천을 속일 수는 없겠지만, 그래도 당분간은 그들의 눈을 가려야 한다.'

흑월이 총력을 기울인다면 진무원의 과거를 재창조하는

것은 그리 어렵지 않을 것이다. 흑월은 분명 그럴 만한 능력이 있었으니까. 문제는 흑월주가 자신의 의견을 받아들이냐 하는 것이다.

'아니야, 그는 분명 받아들일 거야. 그 역시 이 이상의 혼란이 오는 것은 원치 않을 테니까.'

청인의 마음이 급해졌다.

그가 복잡한 시선으로 진무원을 바라봤다.

진무원이 몰고 온 바람이 세상을 어떻게 변하게 만들지 두렵기까지 했다.

'북쪽에서 온 검객…… 북검(北劍)이여, 과연 당신은 난세의 재앙이 될 것인가, 아니면 세상을 비추는 한줄기 등불이 될 것인가?'

그의 탄식이 바람에 흩어져 갔다.

*   *   *

운남에서 바람이 불어왔다. 바람결에 실려 온 소문들은 실로 믿을 수 없는 종류의 것이었다.

밀야의 재등장.

십 년 전 북천문에 잠시 나타났던 것을 마지막으로 완전히 종적을 감춘 밀야가 다시 세상에 나타난 것이다.

밀야와 패권회의 싸움에 수많은 백성이 죽거나 다쳤고, 그 때문에 옥계는 죽음의 도시가 되었다는 것이 소문의 요체였다.

출처가 불분명한 소문은 마치 들불처럼 중원 전역으로 빈져 나갔고, 사람들은 공포에 떨어야 했다. 수십 년의 세월이 지나면서 희석되었다고 생각한 공포는 다시금 생생하게 되살아났고, 운중천에는 비상이 걸렸다.

그 와중에 믿을 수 없는 소문이 하나가 더 퍼져 나갔다.

북쪽에서 온 젊은 검객에 관한 소문이 바로 그것이었다.

그가 처음 나타난 곳은 감숙과 사천의 접경 지역인 공동파의 영역이었다. 그곳에서 그는 공동파의 일대제자 다수와 시비가 붙어 이겼고, 대제자인 무진마저도 제압했다고 한다.

그는 정체를 알 수 없는 신비한 검공(劍功)을 사용했는데, 젊은 무인 중에는 적수를 거의 찾아볼 수 없을 정도로 대단하다고 했다.

당가의 무인들을 구하기 위해 적귀병단과 싸운 일이나 옥계에서의 활약은 그야말로 눈부신 것이어서 과연 젊은 무인 중 그와 비견될 자가 있을까 하는 이야기까지 나돌았다.

진무원이라는 이름 석 자와 북쪽에서 왔다는 것 외에는 모든 것이 신비에 가려진 젊은 무인.

사람들은 그리 가리켜 북검(北劍)이라 불렀다.

당금 강호의 최고 기재라는 칠소천에 비견될 만한 젊은 무인. 어떤 이들은 북검이 그들을 훨씬 능가할 거라고 호들갑을 떨기도 했지만, 대부분의 사람은 그 정도까지는 아닐 거라고 생각했다.

칠소천은 단순히 무공만 강한 젊은 기재들이 아니었다. 그들에게는 엄청난 배경과 정치적인 후광이 존재했다. 단순히 무공만 강한 것을 가지고 그들과 비교하는 것은 무리라는 의견이 대다수를 이뤘다.

하지만 북검의 무공이 근래 등장한 젊은 무인 중 수위를 다툴 정도로 대단하다는 것은 대부분의 사람이 인정했다.

밀야의 재등장과 때를 맞춰 강호에 나타난 북검은 여러모로 사람들의 호기심을 끌기에 충분했고, 강호 호사가들의 입에 북검이란 별호가 언급되기 시작했다.

진무원에 대해 소문을 낸 자는 바로 청인이었다. 그가 흑월의 힘을 이용해 중원 전역에 진무원의 소문을 퍼뜨린 것이다. 그 때문에 요 며칠 분주히 움직이고 있었다.

그렇게 진무원은 강호의 역사 전면에 등장했다. 하지만 정작 진무원은 자신에 대한 소문이 그렇게 퍼져 나가고 있다는 사실을 알지 못했다.

그에게 지금 중요한 일은 소문 따위가 아니라 황철을 구하는 일이었기 때문이다. 그는 간단하게 몸 상태를 점검했다.

당기문의 홍은신단 덕분에 내상은 거의 완치된 상태였다. 오히려 홍은신단의 도움을 받아 내공의 상승을 이뤘고, 어지간한 독물에는 중독되지 않을 만큼 내성도 갖게 됐다. 이제는 외상도 거의 아물어서 움직이는 데 지장도 없을 것 같았다.

그때 곽문정이 문을 열고 들어왔다. 그의 손에는 넝마가 되다시피 한 적갈색 무복이 들려 있었다.

"형, 다 기웠어요."

그가 자랑스럽게 적갈색 무복을 펼쳐 보였다. 그러자 수많은 바느질 자국이 보인다.

진무원의 무복이었다. 수많은 격전을 치르면서 해지고 찢어진 무복을 곽문정이 밤새 기운 것이다. 비록 솜씨가 엉망이라서 거칠기 짝이 없었지만, 그 마음만큼은 진무원을 감동시키기 충분했다.

진무원은 망설임 없이 곽문정이 내민 무복을 입었다. 멀쩡한 부분보다 바느질한 부분이 더 많은 것이 족히 백 군데는 기운 것 같았다.

"백결무복이 따로 없구나. 고맙다."

"헤헤!"

황철이 선물한 옷이란 것을 알고 밤새 꿰매고 기운 곽문정의 마음이 고마웠다.

비록 며칠 지나지 않았지만 곽문정은 눈에 띄게 성장한 모습이었다. 우선 눈빛이 예전보다 깊어졌고 표정에도 신중함이 엿보이고 있었다.

밀야와 패권회의 전투는 어린 곽문정에게도 큰 충격을 주었고, 스스로를 돌아보는 시간이 되었다. 진무원이 요상에 신경 쓰는 동안 곽문정도 무공 수련에 열중했다.

그에겐 이전에 없던 절실함이 생겼다. 절실한 만큼 무공에 파고들었고, 단 며칠간의 수련에도 성취가 눈에 띄게 높아졌다.

진무원은 그런 곽문정의 변화를 기껍게 받아들였다. 무슨 일이든 마지막이라는 절박한 심정으로 달려드는 사람한테는 당할 장사가 없었다.

진무원은 설화를 허리에 찬 후 밖으로 나왔다. 곽문정이 그 뒤를 따랐다.

마당에는 낯선 노인이 빗자루로 마당을 쓸고 있었다. 진무원이 갑자기 그에게 인사를 했다.

"고맙습니다."

"어, 엉? 자네 나를 아는가?"

진무원이 대답 대신 미소를 짓자 노인의 얼굴이 팍 일그러졌다.

"미치겠네. 어떻게 알아본 거야? 내 역용술이 그렇게 허접하진 않을 텐데."

뒤통수를 박박 긁는 노인은 바로 청인이었다.

진무원의 옆에서는 곽문정이 난감한 표정을 짓고 있었다. 또다시 바뀐 청인의 얼굴이 도통 적응이 안 되는 것이다. 그는 진무원이 어떻게 그렇게 청인을 쉽게 알아본 것인지 이해가 되지 않았다.

곽문정만큼이나 청인 역시 당혹스럽긴 마찬가지였다. 자신이 어떤 모습을 하고 있든 간에 진무원은 너무나 쉽게 알아보았다. 그 때문에 다른 이들에게 시험해 봤지만 아무도 알아보지 못했다. 그만큼 그의 역용술은 완벽했다. 단지 진무원이 비정상일 뿐이다.

그들이 있는 곳은 처음 옥계에 들어온 날부터 머물던 대진 객잔이었다. 그날의 사건으로 옥계의 많은 건물이 부서지거나 불탔지만, 다행히도 대진객잔은 화를 피해갔다.

그때 왁자지껄한 소리와 함께 일단의 무리가 대진객잔으로 들어섰다. 연이어 다섯 대의 마차와 말을 탄 무인 수십여 명이 들어왔다.

그들의 모습을 확인하는 순간 진무원과 곽문정의 표정이 미묘하게 변했다. 그들의 모습이 낯익었기 때문이다.

무리 중 한 명이 진무원과 곽문정을 발견하고 다가왔다.

"여, 자네도 여기에 머물고 있었나? 이거 무지 반갑구만. 흐흐!"

"용 당주님."

넉살좋게 웃음을 흘리는 이는 바로 철기당주 용무성이었다. 그와 함께 온 이들은 바로 철기당과 백룡상단의 무인들이었다.

종리무환과 철기당의 무인들이 떨떠름한 표정으로 진무원을 바라보고 있는 모습이 보였다. 그들의 곁에는 백룡상단의 공진성과 윤서인도 있었다.

진무원이 그들을 향해 말없이 포권을 취해 보이자, 그들도 어쩔 수 없다는 듯이 포권을 취했다.

"자네 여기 머물고 있었던 건가? 그렇지 않아도 이곳에 오는 동안 자네 명성을 들었네."

"명성?"

"모르고 있었는가? 강호에 신성이 나타났다고 난리도 아니네. 자네의 별호가 무언지 아는가? 북검(北劍)이야, 북검."

용무성의 이야기를 듣는 순간 떠오르는 것이 있어 진무원은 청인을 바라봤다. 그러자 청인이 마당을 쓰는 시늉을 하며 진무원의 시선을 외면했다.

"무슨 낙엽이 이리 많이 떨어진다냐? 쓸어도 쓸어도 끝이 없네. 크흠!"

그 능청스러운 모습에 곽문정이 남몰래 킥킥 웃었다.

"어쨌거나 이리 다시 만나게 되니 반갑구만."

"패권회에서 원하던 정보는 얻었습니까?"

"말도 말게. 패권회가 난리가 나는 바람에 거의 쫓겨나다시피 했다네."

진무원의 물음에 용무성이 고개를 절레절레 저었다.

"무슨 일 있었습니까?"

"패권회와 의견 조율이 거의 끝났는데 갑자기 운중천의 무인들이 들이닥치더군. 운중천에서는 이번 옥계에서 일어난 참사의 원인 중 상당 부분이 패권회에 있다고 보는 것 같더군. 패권회는 당분간 외부의 일에 신경 쓰기 힘들게야."

그렇지 않아도 옥계의 참사 때문에 세간의 시선이 곱지 않은 패권회였다. 패권회에 불리한 증거들이 속속 발견되고 있는데, 책임자인 엽평이 죽으면서 해명을 해야 할 사람이 사라진 것이다.

그 때문에 패권회와 운중천에서 파견된 무인들 사이엔 험악한 기운이 감돈다고 했다.

"물론 그 때문에 양측이 갈라지지는 않겠지만, 그래도 당분간 감정의 골이 크게 벌어져 간극을 메우기가 쉽지 않을 게야. 아주 골 때리게 됐지."

진무원의 표정이 굳었다.

금단엽이 뿌렸다는 씨앗은 어쩌면 벌써 개화한 것인지도 몰랐다. 세상은 점점 더 혼란으로 빠져들고 있었다.

'밀야를 세상으로 끌어내기 위한 난세, 그것이 당신의 목숨보다 소중했던가?'

　진무원과 곽문정은 객잔을 나왔다. 그런 두 사람의 뒤를 따라오는 일단의 무리가 있었다. 바로 철기당의 무인들이었다.

　진무원이 뒤를 돌아보자 용무성이 다른 곳을 보며 휘파람을 불었다. 그러다가 진무원이 걸음을 옮기면 다시 그를 따라왔다.

　결국 진무원은 멈춰 서서 한숨을 내쉬었다. 그러자 용무성이 실실거리며 웃음을 흘렸다.

　진무원이 뒤돌아보며 입을 열었다.

　"도대체 언제까지 따라오실 생각입니까?"

"응? 내가 자네를 따라가나? 그냥 나는 이 길을 가는 것뿐인데."

"그럼 먼저 지나가십시오."

"싫어! 나는 자네보다 늦게 가는 게 좋아. 뒷모습도 구경하면서 말이야."

용무성의 넉살에 채약란과 종리무환의 얼굴이 벌게졌고, 다른 이들은 킥킥거리며 웃음을 터뜨렸다.

결국 종리무환이 앞으로 나섰다.

"미안합니다, 진 소협. 당주의 무례를 제가 대신 사과드리겠습니다. 염치없지만 지금 철기당이 기댈 곳은 진 소협밖에 없습니다."

"무슨 말입니까?"

"휴!"

종리무환이 깊은 한숨을 내쉬었다.

그는 만감이 교차하는 시선으로 진무원을 바라보았다.

"저희는 진 소협과 정보를 공유하길 바랍니다."

운중천이 패권회를 압박하면서 그들이 나눈 밀담은 없던 것이 되었다. 아까운 시간을 그냥 허비한 셈이다. 패권회만 믿고 있던 철기당에게는 마른하늘의 날벼락이나 마찬가지였다.

며칠의 아까운 시간이 소비됐고, 실종된 이들에 대한 어떤 정보도 얻지 못했다. 그사이 진무원은 밀야와의 싸움을 통해 불같은 명성을 얻었다.

실종된 이들은 밀야와 연관이 있었고, 현재 밀야와 가장 많은 접촉을 한 이가 바로 진무원이었다. 그는 진무원이 어떤 식으로든 실종된 이들에 대한 정보를 얻었으리라 생각했다.

그가 아는 진무원은 결코 호락호락한 남자가 아니었다.

공동파와의 충돌이나 당가의 무인들을 구하기 위해 밀야와 싸운 것을 보면 그냥 세상물정 모르고 끼어드는 애송이 무인 같았지만, 실제로 그가 연관된 일치고 결과가 나쁘게 끝난 일은 없었다.

'일관된 흐름을 가진다는 것, 그러면서도 최악의 상황에서 최상의 결과를 끌어낸다는 것은 결코 애송이 무인이 해낼 일은 아니지.'

싫어도 인정해야 했다.

진무원은 그가 생각하는 것보다 더욱 대단한 무인이었다. 종리무환이 수십 번 계산해서 도출해 낸 결과보다 더한 성과를 단숨에 만들어낼 수 있을 정도로 강력한 직관력의 소유자기이도 했다.

아직도 진무원이라는 인간 자체는 마음에 들지 않지만, 최소한 무인으로서의 진무원은 인정할 수밖에 없었다.

그것이 종리무환이 진무원을 따라나선 이유였다.

그라고 부끄럽지 않은 것은 아니었지만, 그렇다고 이대로 의뢰를 완수하지 못하는 것보다는 자존심이 조금 상하는 것이 백배는 더 나았다.

'사람들은 과정 따윈 기억하지 않는다. 어떻게든 실종된 상인을 구해냈다는 결과만 내놓는다면 그만큼 철기당의 위상이 올라갈 것이다.'

그것이 종리무환이 굴욕을 무릅쓰고 진무원을 따라나선 이유였다. 진무원은 종리무환의 얼굴을 뚫어져라 바라보았다. 종리무환도 낯짝이 있는지라 고개를 돌려 그의 시선을 피했다.

다른 철기당 무인들도 마찬가지였다. 하지만 용무성은 달랐다.

"흐흐! 좋은 게 좋은 거 아니겠어? 우리 너무 야박하게 굴지 말자고. 그냥 철기당에 빚 하나 지운 셈 치면 되잖아."

그가 실실 웃으며 다가와 진무원의 어깨에 자신의 팔을 걸쳤다. 그 능청스러움에 옆에 있던 곽문정이 그만 풋 웃음을 터뜨릴 정도였다.

'그의 말처럼 철기당에 빚 하나 정도 지우는 것도 나쁘진 않을 터.'

진무원도 용무성과 똑같은 생각을 했다.

철기당이나 종리무환이 마음에 드는 것은 아니었지만, 강호에서 살아가는 이상 언젠가는 그들의 도움이 필요할 수도 있었다. 강호엔 영원한 적도 우군도 없는 법이라는 것을 요즘 절실히 느끼고 있었다.

진무원이 고개를 끄덕였다.

"좋습니다. 함께 가시죠."

"정말이지? 흐흐! 잘 생각한 거야."

용무성이 너털웃음을 터뜨리며 진무원의 어깨를 두들겼다. 그 모습에 종리무환이 안도의 한숨을 내쉬었다. 진무원이 허락했으니 이제 얼굴에 철판을 깔고 동행할 일만 남았다.

용무성이 물었다.

"그런데 어디로 가는 길인가?"

"애뇌산(哀牢山)으로 갑니다."

"애뇌산?"

용무성을 비롯한 철기당 무인들이 의아한 표정을 지었다.

애뇌산은 이곳 옥계에서 그리 멀리 떨어지지 않은 곳에 위치한 절산으로 산세가 험악하기로 악명이 높았다. 봉우리는 하늘을 찌를 듯 높았고, 계곡은 깎아지른 듯 가파르기 이를 데 없었다.

봉우리는 사시사철 구름과 안개로 덮여 있었고, 장대한 산줄기는 무려 백여 리에 걸쳐 뻗쳐 있었다. 나이를 추정할 수 없는 거목들이 가득한 산에는 독사와 맹수가 득실거려 사람의 접근을 거부하고 있었다. 그 때문에 옥계에서 평생을 산 사람들조차 애뇌산에는 접근하지 않는 형편이었다.

금단엽이 죽음 직전 언급한 지명이다. 함정일 수도 있지만 어차피 지금은 그 외에는 어떤 단서도 없는 상황이다. 진무원에겐 선택의 여지가 없었다.

죽이 되든 밥이 되든 일단 애뇌산으로 가서 만절곡을 찾아야 했다. 그나마 철기당과 함께라면 만절곡을 찾는 것이 수월하지 않을까 생각됐다.

목적지를 확인한 용무성은 진무원과 곽문정을 위해 말 두 마리를 내줬다. 기동성을 높이기 위해서였다.

그들은 거의 반나절을 말을 달려 애뇌산에 도착했다.

애뇌산은 듣던 것보다 훨씬 더 험하고 거칠어 보였다. 흔히들 이런 산을 악산(惡山)이라고 하는데, 애뇌산은 악산 중에서도 더욱 거칠고 험해 보였다.

진무원이 용무성에게 말했다.

"이제부터 흩어져 만절곡을 찾습니다. 위험할지도 모르니 결코 혼자서 돌아다니지는 마십시오."

"알겠네."

용무성은 철기당 무인들에게도 똑같이 말을 전했다.

"들었지? 이제부터 이인 일조로 흩어져서 만절곡이란 곳을 찾아. 찾으면 호각을 불어서 신호하고."

"옛!"

철기당 무인들이 대답과 함께 사방으로 흩어졌다.

진무원도 곽문정과 함께 만절곡을 찾아 나섰다. 그런데 뜻밖의 사람이 그를 따라왔다. 철기당의 부당주인 채약란이었다.

"그냥 진 소협을 따르는 게 그들을 가장 빨리 찾을 수 있을 것 같아서요."

"저야 상관없습니다만."

"그럼 함께 가요. 짐이 되지는 않을 거예요."

그렇게 채약란이 진무원 일행에 합류했다.

그들은 한참을 애뇌산을 뒤졌지만 그 흔한 약초꾼이나 나무꾼 한 명 보지 못했다.

채약란이 고개를 절레절레 흔들었다.

"정말 귀기가 가득한 산이군요. 사람들이 접근하는 것을 꺼릴 만해요."

무공을 익힌 그녀조차 그런 감정이 들 정도이니 무공을 익히지 않은 사람은 말할 것도 없었다. 곽문정도 으스스한 기운에 양어깨를 문지르며 진무원을 따랐다.

"확실히 음기가 강하군요. 이곳에 도적들이 자리를 잡고 있으면 관군도 토벌하는 것이 쉽지 않을 것 같습니다."

산마다 각자 다른 기운을 품고 있다. 어떤 산은 양기가 강하고, 또 어떤 산은 음기가 강했다. 물의 기운을 품고 있는 산이 있는가 하면, 유달리 바람의 기운을 강하게 품고 있는 산도 있게 마련이었다.

그런 산의 기운에 따라 사람들은 청량감을 느끼기도 하고 거북함을 느끼기도 한다. 애뇌산처럼 특히 음기가 강한 산들은 마찬가지로 음기가 강한 이들을 끌어모으기 십상이어서 도적들이 창궐하기 쉬웠다.

"그거 알아요? 진 소협은 참 특이한 사람이에요."

"그런가요?"

"어떤 때는 한없이 고리타분한 것 같은데 또 어떤 때는 지나칠 정도로 맺고 끊음이 분명하죠. 한 사람이 그런 양면성을 가지는 것은 쉽지 않은데 진 소협은 너무나 극명해요."

채약란의 말에 곽문정이 고개를 끄덕였다. 비록 말은 하지 않았지만 그 역시 채약란의 의견에 동조하는 것이다.

진무원은 자신의 울타리 안에 있는 사람한테는 모든 것을 내주지만, 밖에 있는 자들한테는 그렇지 않았다. 그렇다고 딱히 거부감을 내보이는 것은 아니지만, 틀어졌다 싶으면 과하다 싶을 정도로 확실하게 선을 그었다.

"아마 진 소협은 지금보다 더 큰 명성을 얻을 거예요. 그럴수록 자신을 숙이고 양보하는 법을 배워야 할 거예요. 거친 강호에서 독불장군은 결코 살아남을 수 없어요. 진 소협이 보기엔 종리 부당주가 계산하고 행동하는 모습이 보기 안 좋을 수 있어도 그것 역시 강호에서 살아남기 위한 한 방편이에요. 그러니까 진 소협도 그런 모습을 너무 고깝다 생각하지 말고 잘 봐주길 바라요."

그 말이 하고 싶어 굳이 진무원을 따라온 채약란이었다. 어떻게 받아들이는가는 진무원의 몫이었다.

"진심에서 우러나온 충고, 감사합니다. 채 부당주님의 조언, 항상 가슴에 담아두겠습니다."

진무원이 자신의 충고를 기꺼이 받아들이는 듯하자 채약란이 굳어 있던 표정을 풀었다.

'그래도 앞뒤가 꽉 막힌 사람은 아니구나.'

그나마 다행이라는 생각이 들었다.

진무원과 같은 수준의 무인이 융통성마저 없다면 그 또한 강호의 커다란 악재가 될 터였다.

그러다가 문득 이상한 느낌이 들었다. 언제부턴가 진무원이 주위를 두리번거리지 않고 어느 한 지점을 향해 똑바로 걷기 시작했기 때문이다.

'무언가 발견한 건가?'

채약란은 부지런히 진무원의 뒤를 따랐다.

진무원이 향하는 곳은 깎아지른 듯한 협곡 사이에 위치한 계곡이었다. 계곡 양쪽으로는 마치 검날을 거꾸로 박아놓은 듯한 험준한 봉우리가 늘어서 있었다.

계곡 입구에는 한 치 앞을 내다볼 수 없을 정도로 짙은 운무가 끼어 있었는데, 안쪽에서 유달리 강한 귀기가 느껴지고 있었다.

"아무래도 이곳이 만절곡인 것 같군요."

누가 알려줘서가 아니었다. 전방위 감각에 의지한 본능이 그렇게 속삭이고 있었다. 채약란은 잠시 의아한 표정을 지었지만 이내 고개를 끄덕였다.

그녀 역시 진무원이 불가사의한 감을 가지고 있다는 사실을 어렴풋이 느끼고 있었다. 그녀가 호각을 힘껏 불었다. 그러자 호각 소리가 절벽에 부딪쳐 멀리멀리 울려 퍼졌다.

잠시 후 호각 소리를 들은 철기당의 무인들이 하나둘씩 모여들었다. 제일 먼저 달려온 용무성이 물었다.

"찾았는가?"

"이 안쪽에서 유달리 귀기가 강하게 느껴집니다. 아무래도 이곳이 만절곡 같습니다."

"그래? 그럼 안으로 들어가야지. 앞장서게."

용무성도 채약란처럼 진무원의 말에 어떤 의문도 갖지 않았다.

진무원은 앞장서서 만절곡이라고 짐작한 곳을 향해 들어

갔다. 계곡 안쪽으로 들어갈수록 운무가 더욱 짙어졌다.

운무는 피부에 끈적끈적하게 달라붙었고 기분 나쁜 느낌은 더 강해졌다.

심상치 않은 분위기에 용무성의 표정 역시 굳어갔다.

'확실히 느껴지는 귀기가 보통이 아니군. 아무리 애뇌산이 음기가 강한 산이라고 하더라도 이건 도가 지나쳐.'

철기당 무인들에게 전음을 보내 만반의 경계 태세를 갖추게 한 후 그 역시 언제든 용린도를 뽑을 준비를 해놓았다.

그 순간에도 진무원은 거침없이 계곡 깊은 곳을 향해 걸음을 옮기고 있었다. 짙은 운무 속에서도 거침없이 움직일 수 있는 것은 전방위 감각 덕분이었다.

그렇게 얼마나 들어갔을까? 진무원이 갑자기 멈춰 섰다.

"왜 그런가?"

용무성이 곁으로 다가와 물었다. 그러자 진무원이 손가락으로 앞쪽을 가리켰다.

"운무의 농도가 유달리 짙으면서 강합니다."

"확실히 그렇군. 마치 안개로 벽을 만든 것 같아."

"제 생각에는 진법 같습니다."

"진법이라……."

용무성이 종리무환을 불렀다. 그래도 이 중에서는 종리무환이 제일 진법에 능통했기 때문이다.

"무슨 진법인지 알아볼 수 있겠느냐?"

"글쎄요. 환영진과 미로진이 결합된 형태 같은데… 파훼하려면 시간이 조금 걸릴 것 같습니다. 뒤로 물러나 잠시만 기다려 주세요."

"음!"

진무원과 용무성이 뒤로 물러섰다.

종리무환은 안개의 벽에 손을 댄 채 눈을 감았다. 그는 연신 입으로 무어라 중얼거리며 진법을 분석하기 시작했다. 진무원과 철기당 무인들은 숨을 죽인 채 그가 하는 모습을 지켜봤다.

종리무환이 눈을 뜬 것은 거의 반 시진이 지난 후였다.

"만상미로진(萬狀迷路陣)과 동경환영진(銅鏡幻影陣)을 결합한 것이구나."

"진법을 파훼할 수 있겠느냐?"

"할 수 있을 것도 같습니다. 당주와 진 소협은 각각 건방(乾方)과 감방(坎方)에 자리를 잡으시고 제가 신호를 하면 최대의 힘으로 진에 충격을 주십시오. 다른 분들은…….."

그는 다른 철기당 무인들에게도 각기 위치와 타격할 힘을 지정해 주었다. 그렇게 만반의 준비가 갖춰진 후 그가 소리쳤다.

"지금입니다!"

그의 신호에 맞춰 진무원과 용무성이 안개의 벽을 향해 설화와 용린도를 휘둘렀다. 동시에 철기당의 무인들도 공격했다.

쿠오오!

안개의 벽이 마치 상처 입은 짐승처럼 요동을 치다가 서서히 흩어지기 시작했다.

＊　　　＊　　　＊

"이곳은?"

용무성과 철기당 무인들의 눈동자가 흔들렸다.

안개가 걷힌 절곡 안에는 믿을 수 없을 정도로 수려한 풍경이 펼쳐져 있었다. 거다란 폭포가 장관을 이루며 떨어지고 있었고, 십여 개의 크고 작은 전각이 그림처럼 곳곳에 세워져 있었다.

온갖 기화이초가 피어 있는 그림 같은 풍경엔 세월의 고즈넉함마저 담겨 있어 과연 이곳이 인세의 풍경일까 하는 의구심마저 들 정도였다.

그림 같은 광경을 보며 진무원이 미간을 찌푸렸다. 분명 아름답기 그지없는 풍경이었지만 왠지 을씨년스럽게 느껴졌기 때문이다.

진무원은 절곡 안으로 걸음을 옮겼다. 용무성과 철기당 무인들이 그의 뒤를 조심스럽게 따랐다.

용무성이 철기당 무인들에게 주의를 줬다.

"무슨 일이 일어날지 모르니 모두 정신 바짝 차리고 경계하거라."

"옛!"

철기당 무인들은 무기를 꺼내 들고 주위를 경계했다.

진무원은 왠지 이곳에 낯이 익다는 느낌을 받았다. 분명 처음 오는 장소, 낯선 풍경인데도 어디선가 한 번쯤 본 것 같은 기시감이 느껴지는 것이다.

'도대체……'

진무원이 곤혹스러운 표정을 지으며 주위를 둘러봤다.

전각 곳곳에서 인기척이 느껴졌다. 진무원은 그중 가장 많은 인기척이 느껴지는 전각을 향해 걸음을 옮겼다.

전각 안은 불을 켜지 않아 어두웠다. 그러나 진무원을 비롯한 누구 한 명 어둠에 영향 받는 사람은 없었다.

"크흐!"

순간 어둠 속에서 기이한 신음성이 흘러나왔다.

진무원은 경계하며 신음성이 흘러나오는 곳을 향해 걸음을 옮겼다. 진무원은 거침없이 방문을 열어젖혔다. 그러자 방 한쪽에 웅크리고 앉아 있는 남자의 모습이 보인다.

'광인?'

눈이 붉게 충혈되어 있는 것이 남자는 광인의 전형적인 모습을 보이고 있었다. 하지만 옥계에서 본 광인들과 달리 무작정 달려들지는 않았다. 아직은 광증이 완전히 발작한 것 같지 않았다.

진무원은 광인을 뒤로하고 다른 방들을 차례차례 살펴보았다. 그러자 처음 본 광인과 비슷한 상태의 사람들이 곳곳에서 눈에 띄었다.

"도대체 무슨 도깨비놀음이야."

진무원의 뒤를 따르던 용무성이 중얼거렸다. 말은 하지 않았지만 다른 철기당 무인들도 그와 같은 심경이었다.

감시하는 자 한 명 없이 전각 안에는 광인들만이 가득했다. 그나마 천만다행인 것은 광인들이 덤벼들지 않아 굳이 살상을 해야 할 이유가 없다는 것이다.

아직 광인들을 치료할 방법을 찾아내지 못했다. 만일 광인들이 덤벼들었다면 스스로를 보호하기 위해서라도 살인을 해야 했을 것이다. 그들은 최악의 상황을 면했다는 사실에 안도하면서도 경계를 게을리하지 않았다.

진무원은 전방위 감각을 끌어올린 채 수색을 계속했다. 가장 큰 전각을 샅샅이 뒤진 후 두 번째 전각으로, 그리고 또 다음 전각을 샅샅이 뒤졌다. 그러다 보니 용무성 일행과는 자연스럽게 떨어져 따로 전각을 뒤지게 되었다.

진무원이 가장 작은 전각을 향해 걸음을 옮겼다. 수많은 전각 중 가장 초라하면서도 구석에 있는 전각이다.

전각의 문을 열고 들어서자 유달리 차가운 기운이 느껴졌다. 진무원은 복도를 따라 걸음을 옮겼다. 그의 걸음이 자신도 모르게 점점 빨라졌다.

그가 복도 가장 깊은 곳에 위치한 방문 앞에 멈춰 섰다. 잠시 호흡을 고르던 그가 방문을 열었다. 그러자 방 한가운데 앉아서 가부좌를 틀고 앉아 있는 남자가 보였다.

덥수룩하게 기른 머리카락과 목을 덮은 수염 때문에 이목구비를 구별할 수는 없었지만 진무원은 그를 단번에 알아보았다.

"황숙!"

심장이 입 밖으로 튀어나올 듯 거세게 두근거렸다.

남루한 의복은 북천문에서 헤어질 때 그대로였고, 앙상해진 팔목과 발목에는 은색의 쇠사슬이 감겨 있었다. 예전에 비할 수 없이 추레한 모습이었지만, 진무원은 그가 황철임을 확신했다.

진무원의 목소리에 황철이 중얼거렸다.

"허! 또다시 환청이 들리는 것을 보니 이젠 나도 미쳐가는 모양이구나."

"황숙!"

진무원이 다시 한 번 황철을 불렀다. 그제야 황철이 뭔가 이상함을 느끼고 조심스럽게 눈을 떴다.

순간 그의 눈가가 파르르 떨렸다.

"서, 설…… 마?"

"저 무원입니다, 황숙."

"정말 공자님이십니까?"

황철의 목소리가 떨려 나왔다. 그의 눈에 절로 물기가 차올랐다.

진무원이 황철을 뜨겁게 껴안았다. 품에서 느껴지는 온기에 황철은 자신이 보고 느끼는 것이 환각이 아님을 깨달았다.

"공자님께서 어떻게 이곳에……?"

"당연히 황숙을 찾아왔지요."

진무원의 눈가도 어느새 촉촉이 젖어 있었다. 다행히 황철은 다른 광인들과 달리 광증이 발작한 것 같지 않았다.

"잠시만 기다리십시오."

진무원이 설화를 꺼내 황철을 구속하고 있는 쇠사슬을 잘랐다. 그제야 자유를 찾은 황철이 감개무량한 표정을 지었다. 아무리 내공을 끌어올려도 꿈쩍도 하지 않던 쇠사슬이 이렇게 쉽게 잘릴 줄은 정말 꿈에도 생각하지 못했다.

"이곳에서 공자님을 뵙게 될 줄은 정말 몰랐습니다. 정말 꿈만 같습니다."

"황숙이 실종되었는데 제가 어찌 가만있겠습니까?"

"공자님."

황철이 감격한 듯 눈물을 글썽였다. 진무원이 그런 황철의
눈가를 훔쳐 주었다.

"어떻게 된 겁니까, 황숙? 모두들 광인이 되었는데 오직 황
숙만 멀쩡하니."

"그게 저도 잘 모르겠습니다. 아마도 삼원심법 덕분 같은
데, 자세한 이유는 잘 모르겠습니다."

황숙이 고개를 내저었다.

적귀병단에 의해 이곳으로 이송된 것이 다섯 달 전이다. 처
음엔 그 역시 백룡상단의 보표들과 같이 갇혀 있었다. 그런데
시간이 지나면서 차츰 한두 명씩 미치기 시작했다.

그와 가장 친하던 보표들이 미쳐서 발작하는 광경은 꿈에
볼까 두려울 정도였다. 다음 날 누가 미칠지 아무도 알지 못
했다. 다른 이가 될 수도 있고 자신이 될 수도 있었다.

"그때부터였습니다. 삼원심법에 미친 듯이 매달린 것이."

다행히 내공에 금제를 가하지 않은 덕에 내력을 운용하는
데는 지장이 없었다. 황철은 정말 전심전력으로 삼원심법에
만 몰두했다. 그러지 않고는 견딜 수가 없었다.

그들은 시간이 지나도 황철이 미치지 않자 그들 역시 의아

함을 느낀 듯 일부러 이렇게 격리시킨 후 쇠사슬로 구속했다.

'삼원심법은 항마력을 가진 현문정종의 심법. 현문의 내공이 황숙을 보호한 모양이구나.'

진무원 역시 삼원심법을 익힌 것이 아니었기에 그렇게만 짐작할 뿐이었다.

진무원은 황철을 자세히 살폈다. 그러자 예전보다 더욱 깊고 그윽해진 눈빛이 눈에 들어왔다. 자세한 사정이야 알 수 없지만 분명 황철을 막고 있던 어떤 벽을 넘은 것이 분명했다.

"다행입니다."

진무원은 자신도 모르게 그렇게 중얼거렸다.

"공자님, 이러고 있을 때가 아닙니다."

"예?"

"공자님께 꼭 보여드리고 싶은 것이 있습니다."

황철이 전각 뒤쪽을 향해 힘겹게 걸음을 옮겼다. 진무원은 의아한 표정을 지으면서도 그 뒤를 따랐다.

황철이 안내한 곳은 후원이었다. 그곳은 다른 곳과 달리 풀한 포기 자라지 않아 무척이나 황량해 보였다.

"이곳엔 왜?"

"공자님, 여깁니다."

갑자기 황철이 바닥 한곳을 가리키더니 마구 파헤치기 시작했다. 그러자 잠시 후 바닥에 묻혀 있던 검은 상자가 모습을 드러냈다. 검은 상자에서는 섬뜩한 정도의 음산한 기운과 독기가 흘러나오고 있었다.

"이게 뭡니까?"

"저도 모르겠습니다. 하지만 저들이 이곳에 이것을 묻은 후 사람들이 하나둘씩 미치기 시작했습니다."

황철이 진저리를 치며 상자에서 떨어졌다.

진무원은 내력을 운용해 심맥을 보호한 후 상자를 열었다. 그러자 강렬한 독기가 진무원을 덮쳐왔다. 만영결로 전신을 보호하고 있는데도 어지럼증이 느껴질 정도로 강렬한 독기였다.

"이건?"

상자 안에 있는 것은 회색의 단환이었다. 단환에서는 숨이 막힐 듯한 가공할 독기가 흘러나오고 있었는데, 보통 사람이라면 독기에 노출되는 순간 단숨에 중독되어 숨이 끊어질 것 같았다.

'이것이 광증의 원인? 그럼 옥계에서 발작한 광인들도 다 이곳에서 독기에 노출되었던 것인가?'

진무원은 단환을 조금 떼어 자세히 살폈다. 하지만 의술이나 독에 대해서는 문외한인 그가 육안으로 알아낼 수 있는 것에는 한계가 있었다.

진무원은 전각을 뒤져 사슴 가죽으로 된 조그만 주머니를 찾아냈다. 그는 단환 조각을 주머니에 넣은 후 잘 밀봉해 따로 보관했다.

황철을 구한 것은 다행이었지만 의문은 아직도 풀리지 않았다.

'금단엽은 왜 이것으로 광인을 양산했을까? 광인들이 비록 강하다고는 하지만 무공을 익힌 무인은 상대할 수 없다는 것을 잘 알 텐데. 도대체 그는 무슨 이야기를 하고 싶었던 것일까?'

진무원은 이곳의 모습이 금단엽이 그에게 전하고자 하는 전언(傳言)이라는 사실을 어렴풋이 느끼고 있었다. 이곳의 모습을 통해 그는 무언가를 말하고 싶은 것이다.

그때 황철의 목소리가 들려왔다.

"이곳은 이야기로만 듣던 밀야와 참으로 흡사합니다."

"이곳이요?"

"그렇습니다. 처음 잡혀 와서 얼마나 놀랐는지 모릅니다. 소인이 어릴 적에 밀야에 잡혀갔다가 탈출한 분이 있었는데 그분이 설명해 준 밀야의 본거지가 이런 식으로 묘사됐단 걸 아직도 똑똑히 기억하고 있습니다."

그제야 진무원도 이곳이 왜 그렇게 낯익은 것이었는지 이유를 알아냈다. 그 역시 어린 시절 황철과 비슷한 이야기를 들은 적이 있었다.

'그렇다면 이곳은 밀야의 축소판인 셈인가?'

무언가 떠오를 것 같은데 명확하게 그림이 그려지지 않았다. 하지만 중요한 진실에 한 걸음 더 나간 것은 확실했다.

그때였다.

"여기에 있었군."

용무성의 목소리가 들려왔다.

진무원과 황철이 뒤를 돌아보자 용무성과 철기당의 무인들이 웬 괴인을 포박해 다가오고 있었다.

"크으으!"

다른 광인들과 마찬가지로 두 눈이 붉게 충혈된 채 이지를 잃은 남자의 모습에 황철이 경호성을 터뜨렸다.

"공자님!"

광인이 된 채 발작을 일으킨 이는 분명 백룡상단의 셋째공자인 윤자명이었다.

이곳에 잡혀온 이후로 철저하게 격리되어 단 한 번도 만나보지 못했기에 황철도 윤자명을 보는 것은 이번이 처음이었다.

"역시 셋째공자가 맞는 모양이군. 다행이야. 비록 미치긴 했지만 그래도 살아 있으니까."

용무성이 코끝을 찡그렸다.

윤자명을 찾은 것은 다행이지만 왠지 찜찜함을 금치 못하겠기 때문이다. 마치 볼일을 보고 뒤를 안 닦은 것 같이 더러운 기분이었다.

용무성이 진무원에게 말했다.

"일단 이곳을 빠져나가자고. 나머지 사람들이야 따로 사람을 보내서 데려오고. 기분이 엿 같아서 더 이상 이곳에 있기가 힘들군."

"그러시죠."

진무원이 고개를 끄덕였다. 말은 하지 않았지만 그 역시 이곳에 있는 것이 그리 개운한 기분이 아니었다.

진무원은 황철을 부축해 만절곡 밖으로 걸음을 옮겼다. 하지만 얼마 가지 못해 그는 걸음을 멈춰야 했다.

"이봐, 왜?"

용무성이 갑자기 멈춘 진무원의 모습에 뭐라 한마디 하려다가 표정이 딱딱하게 굳었다.

"뭐야?"

언제 나타났는지 수많은 무인이 만절곡 입구를 봉쇄하고 있었다. 그들의 선두에는 삼십 대 후반의 남자가 서 있었다. 새하얀 영웅건으로 머리를 단정히 묶고 하늘색 장삼을 입은 남자의 입가에 미소가 어렸다.

진무원이 깊이 침잠된 눈으로 남자를 바라봤다. 남자도 그런 진무원을 말없이 바라봤다.

그 순간 남자의 뒤쪽에서 무인들을 헤치며 두 사람이 걸어왔다.

"자네, 무사했군."

"진 소협."

당기문과 당미려였다.

"당 대협, 당 소저, 어떻게……?"

"운중천의 무인들이라네. 이쪽은 운중천 총관부에서 파견 나온 담주인 당주일세."

당기문의 소개에 하늘색 장삼을 입은 남자가 진무원에게 다가왔다.

"운중천의 담주인입니다."

"진무원입니다."

"강호의 떠오르는 신성을 이렇게 뵙게 되어 영광입니다, 진 소협."

담주인이 빙긋 웃으며 진무원과 시선을 맞췄다. 순간 진무원은 강한 위화감을 느꼈다. 분명 웃고 있는 얼굴이었지만 시선은 무서울 정도로 차가웠기 때문이다.

"우선 운중천을 대신해 진 소협의 노고에 감사드립니다. 덕분에 옥계 사태를 겨우 수습할 수 있게 되었습니다."

"옥계 참사가 수습할 수 있는 종류의 일인지 모르겠군요."

"그래도 최선을 다해봐야지요."

"여긴 어떻게 알고 찾아오신 건지 물어봐도 되겠습니까?"

"저희 역시 그들의 움직임을 예의 주시하고 있었습니다. 설마 진 소협이 우리보다 먼저 이곳을 찾아낼 줄은 몰랐지만 요."

진무원의 날 선 목소리에도 담주인은 전혀 당황하는 기색이 아니었다. 담주인의 모습에서 진무원은 그가 이런 일에 무척이나 익숙한 사람이라는 것을 깨달았다.

'어느 조직에나 뒷수습을 위한 인물이 있는 법. 아무래도 이자 역시 그런 부류인 것 같구나.'

어떠한 경우에도 절대 흥분하는 법이 없고, 그래서 어떤 문제라도 해결할 수 있다는 믿음을 심어주는 자. 그만큼 능력이 뒷받침해 주기에 상대하기가 껄끄러운 존재가 바로 담주인과 같은 존재였다.

"진 소협."

"말씀하십시오."

"고생이 많으셨습니다. 이제부터 저희에게 맡기시고 진 소협은 좀 쉬시지요. 철기당 여러분 역시 고생 많이 하셨습니다. 저희 운중천에서는 여러분의 노고를 결코 잊지 않을 겁니다."

담주인의 말에 진무원이 미간을 찌푸렸다. 하지만 담주인은 아랑곳하지 않고 말을 이었다.

"진 소협이 대단한 것은 알고 있지만 이 일은 일개인이 수습할 수 있는 일이 아닙니다. 철기당도 분명 대단하지만 이런 종류의 일에 익숙하지 않구요. 그렇다면 남는 것은 저희 운중천뿐이지요. 저희가 광증에 걸린 분들을 따로 격리하고 치료하겠습니다."

"이들의 광증을 치료할 방법을 알고 있단 말입니까?"

"아직 확실한 것은 아니지만, 거의 근접했다고 자부합니다. 그러니 저희를 믿고 맡겨주시지요, 진 소협."

말은 무척이나 정중했지만 협박이나 다름없었다.

담주인의 등 뒤에는 적무당의 무인들이 도열해 날카로운 기세를 발산하고 있었다. 누구라도 위압감을 느낄 수밖에 없는 모습이다.

용무성이 얼굴을 찡그렸다. 담주인이 마치 자신들을 협박하는 것 같았기 때문이다. 하지만 그는 결코 경거망동하지 않았다.

상대는 강호 그 자체라고 할 수 있는 운중천이다. 운중천과 척을 지고서는 강호상에 발을 붙일 곳이 없었다. 무엇보다 이 이상 골치 아픈 일에 엮이는 것은 사양하고 싶었다.

진무원은 그런 용무성의 의중을 읽었다. 다른 철기당의 무인들 역시 용무성과 비슷한 표정을 하고 있었다.

담주인이 진무원에게 고개를 숙였다.

"이렇게 정중히 부탁드리겠습니다, 진 소협."

담주인이 이렇게까지 나오자 진무원도 더 이상 거절할 수가 없었다. 담주인은 스스로를 낮춤으로써 진무원에게 거절의 여지를 앗아가 버렸다. 보통 사람은 결코 할 수 없는 처세술이었다.

'담주인…… 어쩌면 이자야말로 가장 상대하기 껄끄러운 존재일지도 모르겠군.'

진무원은 이쯤에서 자신이 물러나야 할 때라는 것을 깨달았다.

"그럼 뒤처리를 부탁드리겠습니다."

"감사합니다. 운중천의 명예를 걸고 이 일을 확실히 처리하겠습니다. 그리고……."

담주인의 시선이 진무원에 손에 들린 검은 상자를 향했다.

"아무래도 지독한 독기가 느껴지는 것이 그것이 광증의 원인 같군요."

"……."

"그것도 저희가 가져가서 분석해 보겠습니다. 원인을 알면 광중의 치료도 더 쉽게 할 수 있을 겁니다."

"차라리 당 대협에게 드리는 것이 나을 것 같습니다만."

"분석할 때 당연히 당 대협도 참석시킬 겁니다. 그때까지
는 제가 보관하겠습니다."

담주인이 진무원에게 손을 내밀었다.

진무원이 담주인의 곁에 있는 당기문을 바라봤다. 그러자
당기문이 나직이 한숨을 내쉬며 고개를 끄덕였다.

진무원은 담주인에게 검은 상자를 넘겼다.

"부디 광증을 치료할 방법을 찾아내시길 바랍니다."

"걱정하지 마십시오, 진 소협. 우리는 운중천입니다."

"그럼……."

진무원이 지나치려 하자 담주인이 마지막으로 덧붙였다.

"나중에 꼭 한 번 운중천에 들러주십시오. 아마 위에 계신
분들도 진 소협을 뵙고 싶어 하실 겁니다. 경계를 서는 외당
에는 미리 말을 해둘 터이니 마음이 내키면 언제든 찾아오십
시오."

"생각해 보겠습니다."

"운중천의 문은 언제나 열려 있답니다, 진 소협."

의미심장한 말을 남기고 담주인이 돌아섰다. 진무원은 그
런 담주인의 뒷모습을 잠시 바라보다 걸음을 옮겼다. 그의 뒤
를 철기당과 당기문 숙질이 따랐다.

진무원의 기척이 사라지자 담주인의 얼굴에 어려 있던 미소가 싹 사라졌다.

"진무원, 진무원이란 말이지?"

진무원이 사라진 방향을 바라보는 그의 눈빛에는 지독한 한기가 어려 있었다.

"분명 어디선가 들어본 이름인데, 그가 정말 명맥이 끊긴 철검문(鐵劍門)의 마지막 전승자가 맞는가?"

"분명합니다. 급한 대로 흑월을 통해 확인했으니 틀림없는 사실일 겁니다."

대답을 한 이는 곁에 있던 담주인의 심복이었다.

철검문은 감숙성 금창(金昌)에서 수십 년 동안 명맥을 유지하던 소문파였다. 금창이란 지역 자체가 워낙 척박한 곳이라 제자를 많이 받아들이지 못해 몰락의 길을 걸어 지금은 기억하는 이조차 거의 없었다. 하지만 그들의 검공은 무척이나 대단해서 문파의 맥이 끊기기 전에는 감숙성에 적수가 거의 없을 정도라는 소문이 있었다.

"그가 정말 철검문의 계승자라면 남하한 행적과 어느 정도 일치하지. 그런데 왠지 찜찜하단 말이야. 무언가 더 있는 것 같은데."

다른 곳은 몰라도 흑월의 정보력은 운중천에서도 인정하고 있었다. 담주인 역시 흑월의 정보를 상당히 신뢰하는 편이었다.

"마음에 걸리신다면 차라리 지금 제거하는 것이……."

"그렇게 쉽게 생각할 일이 아니야. 누가 뭐래도 그는 한창 강호의 주목을 받는 무인이니까. 그에 대한 처분은 총관부에서 맡기고 우리는 이곳에 집중한다. 이곳에서 있던 일이 밖으로 새어 나가서는 절대 안 돼."

"옛!"

대답을 하는 심복 무인의 얼굴에 긴장의 빛이 떠올랐다.

"사소한 흔적 하나 남기지 말고 처리해."

"옛! 바로 시작하겠습니다."

심복 무인이 대답과 함께 적무당의 무인들을 지휘하기 시작했다.

홀로 남은 담주인이 검은 상자가 으스러질 정도로 손에 힘을 줬다.

"밀야…… 아주 재밌는 짓을 벌였군. 덕분에 제대로 골치 아프게 됐어."

*   *   *

사방 어디를 둘러봐도 눈에 보이는 것은 오직 적갈색의 대지뿐이었다. 풀 한 포기, 나무 한 그루 자라지 않는 황량하기 그지없는 풍경이 끝없이 펼쳐져 있었다.

　바람은 옷깃 사이로 파고들어 뼛속까지 시리게 만들 정도로 광폭했고, 하늘은 온통 우중충한 잿빛으로 물들어 있었다.

　그렇게 금방이라도 폭풍우가 들이닥칠 것 같은 살풍경한 대지에 깊은 족적을 남기며 홀로 걷는 이가 있었다.

　검은 피풍의에 유난히 빛을 발하는 은색의 창, 그리고 황금색 광망이 인상적인 남자는 바로 흑익신창이었다. 그는 검은 관을 끌며 묵묵히 걷고 있었다.

　흑익신창이 문득 걸음을 멈추고 나직이 한숨을 내쉬었다. 다리가 유난히 무겁게 느껴졌기 때문이다.

　마르지 않는 내공을 지닌 그다. 그런 그가 겨우 관을 끌고 가는 것이 힘들 리 없었다. 하지만 연결된 끈을 통해 느껴지는 관의 무게보다 가슴을 짓누르는 업의 무게가 그를 힘들게 했다.

　"휴!"

　잠시 한숨을 내쉬던 그가 다시 걸음을 옮겼다.

　그렇게 반나절을 걸어 도착한 곳은 커다란 절벽 아래 자리 잡은 조그만 마을이었다. 마을 앞쪽으로는 황토 빛 강물이 도도히 흐르고 있고 기다란 쇠줄만이 절벽 밑의 마을과 외부를 연결하고 있었다.

　잠시 마을을 바라보던 흑익신창은 이제까지 끌고 온 검은 관을 어깨에 짊어지고 쇠줄 위로 훌쩍 뛰어올랐다. 본인의 몸

무게에 검은 관의 무게까지 더해졌지만 길게 늘어진 쇠줄은 조금도 흔들리지 않았다.

흑익신창은 순식간에 쇠줄을 내달려 마을에 도착했다.

절벽 아래 자리 잡은 마을은 나무로 만든 볼품없는 모옥이 대부분이었다. 하지만 거리가 잘 닦여 있고 곳곳에 나무도 자라는 것이 꽤나 신경 써서 가꾼 티가 역력했다.

인기척이 없던 거리에 흑익신창이 나타난 순간 모옥의 문과 창문들이 하나둘씩 열리기 시작했다. 흑익신창의 모습을 확인한 마을 사람들이 반가운 표정으로 나왔다가 그가 짊어진 검은 관을 보고 흠칫했다.

너무나도 무거운 흑익신창의 표정에 마을 사람들의 표정까지 덩달아 어두워졌다. 감히 그에게 말을 거는 사람은 한 명도 없었다.

흑익신창은 마을의 중앙에 있는 모옥의 문을 두드렸다. 그러자 잠시 후 오십 대 후반으로 보이는 늙은 악공이 모습을 드러냈다.

"자네……."

반갑게 흑익신창을 맞이하던 늙은 악공의 표정이 딱딱하게 굳었다. 흑익신창의 어깨에 짊어진 검은 관을 보았기 때문이다.

"설마?"

"미안하네."

흑익신창은 단 한 마디를 했을 뿐이지만, 늙은 악공은 단숨에 전후 사정을 꿰뚫어 보았다.

"결국…… 이렇게 되었군. 안으로 들어오게."

그의 목소리가 가늘게 떨렸다. 흑익신창은 나직이 한숨을 내쉬며 늙은 악공의 모옥 안으로 걸음을 옮겼다.

모옥 안은 외부에서 보는 것보다 더욱 단출했다. 거문고와 비파 같은 악기들만이 걸려 있을 뿐 그 흔한 가구 하나 존재하지 않았다.

흑익신창은 짊어지고 있던 검은 관을 바닥에 내려놓았다. 늙은 악공이 떨리는 손으로 관을 조심스럽게 열었다. 그러자 관 안에 누워 있는 금단엽의 얼굴이 보였다.

늙은 악공은 손을 뻗어 금단엽의 얼굴을 어루만졌다. 손끝에 느껴지는 시리도록 차가운 느낌에 늙은 악공이 눈물을 흘렸다.

"단엽아."

그가 아끼는 제자였다.

젖먹이 어린것을 데려와 손수 기저귀를 갈아가며 키운 자식 같은 아이였다. 자신을 부모처럼 따랐고, 물먹은 솜처럼 가르쳐 주는 것은 무섭게 흡수했다.

총명이 과해 항상 걱정이 됐지만, 그래도 워낙 자신의 앞가

림을 잘하는 아이라 크게 걱정하지 않았다. 그는 제자가 평범하게 살아가길 원했지만, 조그만 울타리에 가둬 키우기에는 금단엽은 너무나 과한 아이였다.

마침내 한 사람의 어른으로, 또 한 명의 무인으로 완성이 되었을 때 금단엽은 모두에게 밖으로 나갈 것을 읍소했다. 젊은이들은 그에게 동조했지만 나이 든 이들은 반대했다.

결국 뜻을 이루지 못한 금단엽은 자신에게 동조하는 젊은이들을 데리고 세상으로 나갔고, 결국 이렇게 차가운 시신이 되어 돌아왔다. 그런 제자를 바라보는 늙은 악공의 가슴은 천 갈래 만 갈래로 찢어지는 듯했다.

늙은 악공이 고개를 들어 흑익신창을 바라보았다. 그런 그의 두 눈은 어느새 붉게 충혈되어 있었다.

"누군가? 누가 있어 이 아이를 이렇게 만든 것인가?"

"그 아이의 이름은 진무원이라고 하네. 그는 북천문의 마지막 후인일세."

"진무원, 북천문. 결국 악연의 끈이 여기까지 이어졌군."

늙은 악공이 몸을 일으켰다. 그러자 엄청난 기세가 절로 발산됐다.

천공음마(天空音魔) 윤천학.

그 위대한 칭호를 금단엽에게 물려준 전대의 무인이 분노하고 있었다. 그의 분노에 흑익신창의 낯빛이 어두워졌다.

"밀야의 장로로서 정식으로 대회합령을 요청하겠네. 사대마장 역시 한 명도 빠지지 않고 모두 참석해 주길 바라네."

"자네……."

"이 아이는 이대로 쓰러졌지만, 이 아이의 꿈마저 그대로 사라져서는 안 되네."

흑익신창의 시선이 관 속에 누워 있는 금단엽의 시신을 향했다.

'결국 네가 원한 대로 되었구나. 이제 만족하느냐, 단엽?'

전대의 천공음마인 윤천학이 대회합령을 요청한 이상 이제까지 은거하다시피 숨어 있던 이들이 모두 한자리에 모이게 될 것이다. 그리고 다시 난세가 시작될 것이다.

"휴!"

흑익신창의 나직한 한숨이 허공에 흩어졌다.

문득 그가 어깨를 어루만졌다. 아직 딱지가 채 아물지 않은 상처가 아릿한 통증을 발산하고 있다.

'북검.'

그에게 당한 상처가 쉬이 낫지 않고 있었다.

4장

늙은 용은 추락하고
젊은 용들은 비상을 꿈꾼다

　조천우의 눈빛은 그 어느 때보다 무겁게 가라앉아 있었다.
그러나 그의 눈빛 속에는 숨길 수 없는 분노가 그대로 드러나
있었다.

　조천우의 전면에는 사십 대 초반의 뚱뚱한 남자가 앉아 있
었다. 어찌나 살이 쪘는지 그렇지 않아도 가느다란 실눈이 살
에 파묻혀 잘 보이지도 않았고, 의자 사이로는 육중한 살이
울퉁불퉁 삐져 나와 있었다.

　"아이고, 이거 무척 덥네요."

　남자는 손수건으로 연신 이마의 땀을 훔치며 너스레를 떨

었다. 그에 조천우의 눈빛이 더욱 차가워졌다.

보통 사람이라면 위축돼서 숨도 제대로 쉬지 못할 텐데도 뚱뚱한 남자는 아랑곳하지 않고 계속해서 땀을 닦아냈다.

마침내 조천우가 입을 열었다.

"알아서 찌그러져 있어라, 그게 운중천의 공식 입장인가 보군."

"그렇다기보다는 시국이 워낙 어수선한지라 잠시 동안만 자제해 달라는 것이지요. 어휴, 덥다!"

"운중천, 결국 이렇게 나오는군."

조천우가 주먹을 꽉 쥐었다. 그러자 엄청난 패기가 절로 폭사되어 나왔다. 그 강렬한 기세에 수문무사들이 움찔하며 몸을 떨 정도였다. 하지만 뚱뚱한 남자는 그런 기세에도 전혀 기죽지 않았다.

뚱뚱한 남자의 이름은 허동천, 별호는 금갑신군(金鉀神君)이었다.

그는 운중천의 십대장로 중 한 명으로 특히 육중한 살집에 내공을 집중시켜 방호력을 극대화시키는 괴공인 금구신공(金龜神功)을 익힌 것으로 유명했다.

금구신공을 극성으로 익혀 어지간한 공격에는 타격도 받지 않을뿐더러 오히려 반진력으로 공격한 상대를 상하게 할 수도 있기에 모두가 그를 두려워했다.

유달리 둥글둥글해 보이는 외모와 넉넉한 살집은 그가 금
구신공을 대성했다는 증거였다. 또한 둥글게 보이는 외모와
달리 머리가 비상해 분쟁 지역에 운중천의 사자로 파견되는
경우가 많았다.

"민심이 좋지 않습니다. 일을 너무 과하게 벌였어요. 옥계
에서 무고하게 죽은 백성의 수만 삼백 명이 넘어갑니다. 백성
들의 원한이 하늘을 찌릅니다."

"그 때문에 숨어 있던 밀야가 드러나지 않았는가? 그 정도
면 상벌이 충분히 상쇄될 거라고 생각하는데."

"그게…… 위에 있는 분들은 그렇게 생각하지 않으십니
다."

"위? 구중천을 말하는가?"

조천우의 미간이 꿈틀거렸다. 심기가 상한 것이다. 하지만
허동천은 아랑곳하지 않고 말을 이었다.

"그분들밖에 없지요."

"나는 그들을 두려워하지 않는다."

"알고 있습니다. 그러니까 이렇게 어처구니없는 일을 벌였
겠지요."

"감히!"

"지금은 자중하실 때입니다. 야망이 크신 것은 알고 있지
만, 그것도 다 패권회가 유지될 때의 이야기 아닙니까?"

조천우의 얼굴이 처참하게 일그러졌다. 그의 어깨가 굴욕으로 가늘게 떨렸다.

기분 같아서는 눈앞에 있는 허동천의 얼굴을 박살 내고 싶었다. 하지만 그렇게 했다가는 정말로 운중천을 적으로 돌리게 된다. 최악의 상황이 벌어지는 것이다.

옥계에 보낸 무인들이 모두 죽어나갔다. 십여 년이란 세월을 투자해 길러낸 아까운 전력이 한꺼번에 날아간 셈이다.

패권회의 전력은 반 토막이 났고, 이제는 운남의 패권을 놓고 점창파와의 충돌을 걱정해야 할 처지가 되었다. 조천우로서는 굴욕적이라 할 수밖에 없는 상황이 된 것이다.

'엽평, 그리 호언장담을 하더니……'

조천우는 죽어 시신으로 발견된 엽평을 생각하며 이를 갈았다.

엽평이 죽음으로써 책임을 져야 할 사람까지 잃고 결국 그가 이런 수모를 당하게 됐다. 조천우는 엽평의 죽음을 안타까워하는 대신 그의 무능에 분노했다.

반대로 우위를 점한 허동천의 능글맞은 미소는 더욱 짙어졌다.

그는 알고 있었다. 결국은 조천우가 자신의 말을 받아들일 수밖에 없다는 사실을. 어차피 처음부터 조천우에겐 선택의 여지가 없었다.

'운중천 입장에서는 차라리 잘된 일이지. 골치 아픈 북천 사주를 통제할 빌미를 얻었으니까.'

밀야 문제는 앞으로 천천히 해결하면 된다. 비록 이곳에서 모습을 드러냈다지만, 다시 전력을 정비해서 나오려면 어느 정도 시간이 걸릴 테니까. 그에 반해 운중천은 이미 만반의 준비를 갖춰놓고 있었다.

조천우가 크게 숨을 들이켰다.

"그래서 운중천은 내가 어떻게 하길 바라는 건가?"

"당분간 문을 걸어 잠그십시오."

"봉문하란 말인가?"

"조만간 밀야가 재등장할 겁니다. 그때 빗장을 풀고 공을 세우시면 됩니다. 그럼 강호인들 누구도 패권회를 비난할 수 없을 겁니다."

"으음!"

조천우의 머릿속이 복잡하게 돌아가기 시작했다.

"옥계의 일은 저희가 알아서 정리하겠습니다. 그런 일에 최적의 인재가 이미 파견되었으니 걱정하실 거 없습니다."

허동천의 음성은 거부할 수 없는 유혹이었다.

"좋…… 다. 그렇게 하겠다."

"탁월하신 선택입니다."

허동천은 웃었지만 조천우는 이를 악물었다. 두 사람의 표정이 극명하게 대비를 이뤘다.

마지막으로 허동천이 한마디 했다.

"참, 기회가 되시면 아드님을 운중천에 보내십시오."

"내 아들을 인질로 삼겠다는 건가?"

"하하! 오해하지 마십시오. 운중천에서는 밀야를 상대하기 위해 재능이 출중한 젊은 무인들로 구성된 척마대(斥魔隊)를 조직할 생각입니다. 척마대에 든 자들에게는 상상을 초월한 권한이 주어질 겁니다."

"……."

"중원 전역에 있는 젊은 영웅들이 한자리에 모일 것이고, 그곳에서 두각을 나타낸 자가 차후 중원을 이끌어 나가게 될 겁니다."

조천우의 눈가가 파르르 떨렸다.

허동천의 말은 귀에 들어오지도 않았다. 단지 아들이 자신 대신 인질로 잡혀 가게 되었다는 생각만이 그의 머릿속을 지배하고 있었다.

'이 모든 게 그놈 때문이다. 진무원.'

옥계 참사를 기점으로 강호에 이름을 떨친 젊은 무인. 그로 인해 조천우의 모든 계획이 틀어졌고, 이런 굴욕을 겪게 되었다.

무엇보다 마음에 걸리는 것은 진무원이라는 이름 석 자

였다.

운중천에서는 진무원이 북천문과 연관이 없다고 하지만, 그의 직감은 다르다고 이야기하고 있었다.

'내 모든 것을 잃어도 네놈만큼은 절대 그냥 두지는 않을 것이다.'

＊　　　＊　　　＊

황철과 윤자명이 돌아오자 대진객잔에서 기다리고 있던 윤서인과 공진성은 환호성을 질렀다. 하지만 그것도 잠시, 이내 윤자명이 광증에 걸렸다는 소리에 그들은 억장이 무너지는 것을 느꼈다.

그나마 한 가지 위안이 되는 점이 있다면 당기문이 남아서 윤자명의 광증을 치료해 보기로 했다는 것이다. 현 강호에서 그보다 독에 대해 더 해박한 사람은 존재하지 않았다. 만금을 들여도 초빙하기 힘든데, 오히려 그가 나서서 치료해 보겠다고 하니 감사히 받아들일 따름이었다.

백룡상단은 아예 그들이 묵고 있던 대진객잔을 통째로 빌려 당기문이 치료를 하는 데 아무런 불편함이 없도록 조치했다.

진무원은 이쯤에서 백룡상단과 헤어지려 했지만, 황철 때문에 그럴 수가 없었다. 황철은 윤자명을 보살펴야 한다고 고집을 부렸고, 결국 진무원은 그의 의견을 따를 수밖에 없었다.

진무원과 달리 황철은 백룡상단이 삶의 터전이었다. 그는 윤자명을 제대로 지키지 못했다는 죄책감에 시달리고 있었다. 윤자명이 나을 때까지 그의 곁을 지키는 것이 그의 임무였다.

진무원과 황철, 곽문정이 대진객잔의 후원에 모여 있었다.

황철이 돌아온 후부터 곽문정의 얼굴엔 환한 미소가 걸려 있었다.

"헤헤!"

"녀석, 입에 파리 들어가겠다. 그렇게 좋으냐?"

"예! 이렇게 무사히 뵙게 되어서 얼마나 좋은지 몰라요."

"나도 너를 이리 만나게 되어 너무나 좋구나."

황철이 곽문정의 머리를 쓰다듬었다. 앙상하게 마른손이 그가 겪은 고초를 말해주고 있었다.

"그동안 내공에 많은 진전이 있는 것 같구나."

"그걸 어떻게 아세요?"

곽문정이 놀라 눈을 동그랗게 떴다.

"모르겠다. 그냥 느껴지는구나."

"황숙이야말로 내력에 큰 진전이 있는 것 같습니다. 아마 독기에 대항하려고 내공을 운용하면서 벽을 깬 것 같습니다."

"그런가요? 전 잘 모르겠는데."

진무원의 말에 황철이 머리를 긁적였다. 황철의 그런 순박한 모습에 진무원이 미소를 지었다.

"이미 황숙의 내공은 초절정고수에 근접했습니다. 순수 내공만으로는 황숙을 당할 자가 그리 많지 않을 겁니다."

"어이쿠! 제가 어떻게요? 저를 구속하고 있는 쇠사슬도 끊지 못했는데요."

"그건 황숙이 제대로 내력을 사용해 본 적이 없어서 그런 것일 겁니다. 황숙은 내공으로 스스로를 보호하는 데만 열중했지 외부로 방출할 생각은 하지 않았을 겁니다."

"거야 그렇지만……."

"지금 한번 삼원심법을 운용하면서 검식을 펼쳐 보십시오."

"하지만……."

"괜찮습니다. 해보십시오."

"알겠습니다."

진무원이 연거푸 권하자 황철도 더 이상 거절할 수만은 없었다.

황철은 검을 들고 후원 한가운데로 나갔다. 잠시 심호흡을 하며 숨을 고르던 그가 마침내 검을 휘두르기 시작했다.

후왕!

그가 검을 휘두를 때마다 무서운 기파가 사방으로 발산됐다. 기운이 어찌나 웅혼하면서도 패도적인지 후원에 있던 모든 건물이 웅웅거리며 몸을 떨었다.

도가 정종 내공의 특유의 웅혼함에 어린 현기가 보는 이의 가슴까지 청량하게 만들고 있었다. 무당파나 화산파 같은 도가 문파의 장로들도 보여주기 힘든 경지를 황철이 선보이고 있는 것이다.

곽문정의 눈이 크게 떠졌다.

"이것이 정녕……!"

"그래, 이것이 삼원심법으로 완성한 내공이다."

황철이 검을 휘두를 때마다 언뜻 청광이 내비치더니 이내 빛이 뭉쳐 흐릿한 검의 형상을 만들어냈다.

"검강?"

곽문정이 자신도 모르게 주먹을 꽉 쥐었다.

"저건 진짜 검강이 아니다."

"예?"

"단지 강력한 내공으로 인해 그렇게 보일 뿐 진정한 검강이라고 부르기엔 모자람이 많다. 진정한 검강은 검에 대한 깊은 이해와 그에 걸맞은 강력한 내공이 조화를 이룰 때 완성되는 법이니까. 황숙은 단지 강력한 내공 때문에 반강제적으로 그와 비슷한 경지에 올랐을 뿐이다. 진정한 검강을 완성하기 위해서는 검술에 더욱 매진해야 한다. 검의 길이란 그렇게 끝이 없는 법이다."

"그렇군요."

곽문정이 고개를 주억거렸다.

진무원의 입가에 옅은 미소가 어렸다. 말은 그렇게 했지만 황철이 검강으로 대변되는 초절정의 세계에 한 발을 디딘 것은 분명했다. 큰 벽을 넘는 게 어렵지 그다음부터는 노력과 시간이 해결해 줄 것이다.

검을 휘두를수록 황철의 움직임은 더욱더 정묘해지고 있었다. 흐릿하기만 하던 검강도 조금씩 뚜렷해지는 것이 내공의 활용에 조금씩 눈을 뜨고 있는 것 같았다.

그때 당기문과 당미려가 후원으로 들어왔다.

"허어!"

진무원을 향해 다가오던 두 사람은 검을 휘두르는 황철을 보고 감탄사를 터뜨렸다. 의아해하는 두 사람에게 진무원은 그간의 사정을 간단하게 이야기했다.

"그럴 수도 있군. 화가 바뀌어 복이 된 경우군. 그나저나 삼원심법이라…… 정말 대단하군."

당기문의 눈이 빛났다.

검강을 펼칠 수 있을 정도의 고수는 결코 혼치 않았다. 유구한 역사를 가진 명문에서도 배출하기 힘든 것이 초절정의 고수였고, 그로 인해 그들은 어디에서나 귀한 대접을 받았다.

'허! 일개 보표가 초절정 경지의 초입에 발을 디딘 고수라…… 이 사실을 알면 강호가 발칵 뒤집히겠군.'

마침내 황철이 검무를 끝내고 진무원과 당기문을 향해 다가왔다.

"기분이 어떻습니까?"

"그냥 아직도 얼떨떨합니다. 내 몸이 마치 내 것이 아닌 것도 같고, 하여간 복잡하네요."

황철이 멋쩍게 웃었다.

"아직 검술이 내공을 따라가지 못해서 그럴 겁니다. 내공과 검술이 조화를 이루게 되면 그런 어색한 기분도 다 사라질 겁니다."

"초절정의 반열에 오른 것을 축하합니다, 황 대협."

"어이쿠! 대협이라뇨."

당기문의 축하에 황철이 손사래를 쳤다. 그는 이런 대접을 받는 것이 익숙지 않았다. 그런 그의 모습에 당기문이 미소를 지었다. 순박한 황철의 모습이 그의 마음에 꼭 든 것이다.

그때 진무원이 당기문에게 물었다.

"윤 공자를 치료하는 것은 어떻게 되었습니까?"

"진전이 거의 없네. 지금으로써는 악화되지 않게 하면서 운중천에서 불러주길 기다리는 것이 최선이야. 광증을 치료하기 위해선 그들이 가져간 독물이 필요해."

당기문이 한숨을 내쉬었다.

그의 이야기를 듣는 순간 진무원은 떠오르는 것이 있어 품에 손을 집어넣었다. 다시 나온 그의 손에는 사슴 가죽으로 만든 주머니가 들려 있었다.

"이게 뭔가?"

"운중천에서 가져간 독물을 조금 떼어놓았습니다."

진무원의 대답에 당기문의 눈동자가 흔들렸다.

"정말인가?"

당기문이 급히 가죽 주머니를 열었다. 그러자 지독한 독기가 흘러나왔다.

"이걸 분석하면 분명 치료할 방법을 알아낼 수 있을 거야. 고맙네."

당기문의 얼굴에 화색이 돌기 시작했다. 덩달아 당미려의 얼굴에도 미소가 감돌았다.

"고마워요, 진 소협."

*   *   *

흔히들 항유천당(上有天堂) 하유소항(下有蘇杭)라고 했다.

하늘에 천당이 있으면 땅에는 소주와 항주가 있다는 말처럼 중원에서 가장 아름다운 자연경관과 살기 좋은 곳으로 손꼽혔다.

바다가 가까워 식재료가 풍족하며 원림이 발달해, 중원의 부호치고 소주, 항주에 장원 한 채 두지 않은 자가 없을 정도였다. 아름다운 풍경에 끌려 사람들이 모여들고, 사람들이 모이니 재화가 쌓였다.

거리에 다니는 사람들의 얼굴에는 윤기가 흐르고, 글 쓸 줄 안다는 시인묵객들은 이름난 장원의 식객을 자처하며 수많은 명문과 명화를 남겼다. 때문에 소주에 사는 사람들은 남다른 자부심을 가지고 있었다.

운정원(雲政園)은 소주의 서호(西湖)에 지어진 아름다운 원림이었다. 원림 안에 서호의 물을 끌어들여 커다란 연못과 가산을 만들고 화려한 정자를 만들었는데, 봄이면 기화요초가 만발하고 가을이면 홍엽이 가득해 그림 같은 풍경이 펼쳐졌다.

정자의 이름은 운향각(雲香閣).

평소 사람들의 발길을 엄금하던 그곳에 몇 달 만에 처음으로 사람이 들어왔다.

이십 대 중후반 정도로 보이는 무척이나 잘생긴 남자였다.

얼굴선이 유난히도 날카로우면서도 피부가 희었는데, 그래서인지 붉은 입술과 날카로운 눈매가 유난히 도드라져 보였다.

남자는 무심한 표정으로 뒷짐을 진 채 가산과 연못의 풍경을 감상하고 있었다. 남자의 차가운 눈동자 속에는 가산의 아름다운 풍경이 가득 담겨 있었지만, 정작 그 자신은 아무런 감흥도 없는 듯했다.

그는 마치 석상이라도 된 것처럼 미동도 없이 한참이나 가산을 바라봤다. 그의 몸에서는 자연스럽게 위압감이 발산되고 있었는데, 오만한 그의 표정과 무척이나 잘 어울렸다.

그때 종복으로 보이는 듯한 중년 남자가 종종걸음으로 정자 밑으로 달려왔다. 그가 고개를 숙이며 입을 열었다.

"공자님, 손님이 오셨습니다."

"안으로 들이거라."

"예!"

중년 남자가 물러가고 잠시 후 다른 인기척이 느껴졌다. 그제야 남자가 뒷짐을 풀고 뒤를 돌아봤다.

새벽에 핀 수련처럼 청초한 외모의 여인이 정자 위로 올라오고 있었다. 그윽하면서도 촉촉한 눈동자는 마치 세상의 모든 지혜를 담고 있는 듯 신비롭기 그지없었다.

여인의 등장에 남자의 얼굴에 미소가 어렸다.

"오랜만에 보는군."

"이 년 만이지 싶네요, 심 공자님."

여인도 미소를 지었다.

남자의 이름은 심원의. 사사천의 소천주이자 칠소천의 일원이라는 어마어마한 배경을 가진 이 시대의 기린아였다.

심원의와 마주 선 여인은 서문혜령이었다. 그녀 역시 칠소천의 일원이자 천하에서 가장 뛰어난 두뇌를 가진 것으로 유명한 여인이었다.

"다른 이들은?"

"거의 다 도착했을 거예요."

"그런가?"

심원의가 고개를 주억거렸다.

운정원은 사사천 소유의 장원으로 심원의가 주로 쉴 때 별장으로 이용하는 곳이었다. 그는 이제까지 개인적인 용도 외에 타인에게 이곳을 개방한 적이 단 한 번도 없었다.

그런 그가 운정원을 개방한 것 자체가 오늘이 무척이나 특별한 날이라는 것을 의미했다.

창룡회(蒼龍會).

그간 그와 서문혜령이 포섭한 젊은 무인들이 회합을 가지는 자리였다.

"수천은?"

"아직 폐관 수련이 끝나지 않았다고 하네요."

"아직도인가?"

"결정적인 단초를 얻었나 봐요. 원하는 것을 얻기 전까지
는 절대 나오지 않겠다고 하네요."

"그거 기대되는군."

누가 뭐래도 창룡회의 중심은 담수천이었다.

그 이름 석 자만으로 창룡회의 수많은 젊은 무인을 하나로
묶는 엄청난 존재감을 가진 남자는 그 한 명밖에 없었다. 그
것은 창룡회를 설립하는 데 주도적인 역할을 한 심원의도 불
가능한 일이었다.

담수천이 강해지는 만큼 창룡회도 강해진다. 창룡회가 강
해지는 만큼 심원의의 꿈을 이룰 확률 역시 높아지기에 담수
천의 무력에 신경을 쓸 수밖에 없었다.

"그는 분명 무섭도록 강해질 거예요. 궁극의 무를 향한 그
의 집착은 그야말로 소름 끼칠 정도니까요."

"역시 칠 년 전 그 일이 영향을 끼쳤나 보군."

심원의의 말에 서문혜령이 쓸쓸한 미소를 지었다.

칠 년 전 북천문에서의 치욕적인 도주가 그에겐 씻을 수 없
는 치욕이 되었다. 그때부터 그는 더욱더 무공 수련에 집착했
고, 가장 측근이라 할 수 있는 서문혜령과 심원의조차 얼굴을
거의 보지 못했다.

"우리에겐 잘된 일이야. 회주가 강할수록 구성원의 야심 역시 커지는 법이니까."

"역시 심 공자님다운 말씀이시군요."

"천하 격변의 징조가 나타나고 있어. 당장은 미약한 변화에 불과하지만, 시간이 조금 더 흐르면 분명 우리에게 유리하게 작용할 거야."

"밀야의 등장과 옥계 참사를 말씀하시는군요. 확실히 그 일 때문에 우리의 계획이 앞당겨질 가능성이 커진 게 사실이에요."

"역시 서문 소저도 인지하고 있었군. 하긴 당연한 말인가? 서문 소저는 천하에서 가장 머리가 좋은 사람 중 한 명이니까."

"과찬이에요."

서문혜령이 그윽한 미소를 지었다.

"밀야의 재등장으로 인해 천하는 혼란의 구렁텅이로 빠지고, 이제까지 운중천의 강력한 지배력 때문에 숨을 죽이고 있던 야심가들이 하나둘씩 기지개를 켤 거야. 그야말로 우리가 원하던 시대지."

"하지만 많은 사람이 죽을 거예요."

"대의를 위한 소수의 희생은 어쩔 수 없는 법이지. 그런 면에서 나는 옥계에서 희생된 사람들에게 감사해. 그들의 희생이 난세의 시발점이 되었으니까."

난세는 기존의 공고하던 질서가 무너지고 새로운 질서가 태동함을 뜻했다. 심원의와 창룡회가 그토록 기다려 온 절호의 기회였다.

"그에 대한 소문은 들었나요?"

"그?"

"옥계 참사를 종식시킨 남자 말이에요. 요즘 북검이라는 별호로 불린다네요."

"아, 북검."

그제야 심원의가 아는 척을 했다. 실제로 그는 북검이란 별호를 크게 귀담아듣지 않았다. 별호가 제법 광오하긴 하지만 언제나 소문은 과장되게 마련이니까.

심원의의 그런 무신경함에 서문혜령이 나직이 한숨을 내쉬었다. 심원의는 자신의 눈높이를 충족시키지 못하는 사람은 언제나 무시하기 일쑤였다.

"그의 이름은 진무원이에요."

"진무원?"

"생각나는 거 없나요?"

"글쎄."

어디선가 들어본 것 같은데 도통 기억나지 않았다.

"칠 년 전 북천문."

"아! 북천문의 소문주 이름이 진무원이었지."

그제야 심원의는 진무원이란 이름 석 자가 왜 아릿하게 기억에 남아 있는지 떠올렸다.

"그럼 북검이란 자가 북천문의 그 진무원인가?"

"정보에 의하면 동명이인라고 하네요. 하나 왠지 마음에 걸려요."

"동명이인이라……. 얼마든지 있을 수 있는 일이지. 그런데 그게 왜 마음에 걸리는지 모르겠군. 북천문의 진무원은 이미 죽은 자가 아니던가? 그 때문에 운중천에서도 철저히 조사를 했고."

칠 년 전 일로 운중천은 발칵 뒤집혔었다. 그 때문에 상상을 초월하는 인력이 동원되어 조사에 나섰고, 그 결과 북천문의 마지막 문주인 진무원은 죽은 것으로 결론을 내렸다.

"거야 그렇지만……."

"지금은 미래에 집중할 때. 그런 과거의 망령 따윈 신경 쓸 시간이 없어."

심원의의 말에도 서문혜령은 굳은 표정을 풀지 않았다. 아니, 그럴 수 없었다. 손톱 밑에 박힌 조그만 가시처럼 불길한 예감이 그녀의 신경을 콕콕 건드리고 있었다.

'그래도 확인을 해봐야 해. 심 공자는 무시하지만 북천문의 정통 후계자가 가지는 이름의 무게는 그렇게 가벼운 것이

아니니까.'

그러나 서문혜령은 자신의 생각을 입 밖으로 내뱉지 않았다. 지금 심원의에게 그런 이야기는 귀에 들어오지 않을 거란 사실을 너무나 잘 알고 있었다.

"나머지 분들이 도착했습니다."

그때 종복의 목소리가 들려왔다. 그의 말이 끝나기가 무섭게 인기척과 함께 십여 명의 젊은 무인이 정자 위로 올라왔다.

그들은 하나같이 범상치 않은 기도를 발산하고 있었는데, 절제된 몸동작과 정광을 뿜어내는 눈빛이 그들의 경지가 범상치 않음을 보여주고 있었다.

"심 공자님."

"서문 소저, 오랜만에 뵙습니다."

그들이 심원의와 서문혜령에게 포권을 취했다.

창룡회의 회주는 담수천이지만, 실질적인 일 처리는 두 사람이 도맡아했다. 때문에 두 사람을 대하는 젊은 무인들의 태도는 무척이나 극진했다.

"오랜만에 보는군. 잘들 지냈는가?"

"하하! 저희야 이제나저제나 회합이 열리기만을 기다리고 있었지요. 아주 몸이 근질근질해 혼이 났습니다."

너스레를 떠는 젊은 무인의 이름은 좌문호. 산동지역의 명문인 삼환검문(三環劍門)의 장문제자였다.

이 자리에 참석한 이 중 명문의 제자가 아닌 이가 없고, 한 번쯤 천재라 불리지 않은 이가 없었다. 그래서인지 그들의 얼굴에는 하나같이 자신만만한 미소가 떠올라 있었다.

그들은 간단히 인사를 나눈 후 이야기를 나누기 시작했다.

대화의 주된 주제는 바로 얼마 후면 결성될 척마대에 관한 것이었다.

"척마대의 무인은 극소수에 불과하지만, 대신 강력한 권한이 주어진다네. 특히 분쟁이 일어난 지역의 문파들을 소집, 지휘할 수 있는 권한과 감찰권은 그야말로 매혹적이라 할 수 있지."

강호 어디에서든 다른 문파들을 마음껏 부릴 수 있다는 것만으로도 그들의 위상은 독보적이라 할 수 있었다. 이 권한을 잘만 이용한다면 구대문파의 장문인이 부럽지 않은 힘을 얻을 수 있을 것이다.

서문혜령이 입을 열었다.

"창룡회가 비상할 수 있는 절호의 기회예요. 우리는 이 기회를 최대한 활용해야 해요."

"척마대라……. 노인네들이 기특한 생각을 다 했군요. 그들이 이런 식으로 자신의 권한 중 일부를 내놓을 줄은 몰랐는데요."

"그만큼 밀야가 두렵다는 뜻이겠죠. 아니면 자신들의 출혈은 최소한으로 막고 젊은 무인들을 최대한 활용하겠다는 뜻이거나. 공명심에 눈이 먼 젊은 무인들처럼 이용하기 좋은 존재는 드무니까요."

"하기는……."

"그래도 우리는 이 기회를 잡을 수밖에 없어요. 지금 기회를 놓치면 창룡회가 또 언제 비상할 기회를 잡을지 알 수 없어요."

서문혜령의 설명에 모두가 고개를 주억거렸다.

"조만간 척마대를 뽑을 거예요. 그때까지 각자 만반의 준비를 하시고 믿을 만한 사람이 있다면 포섭하세요. 특히 척마대에 뽑힐 가능성이 있는 자들 위주로요."

"음!"

서문혜령의 시선이 심원의를 향했다.

"심 공자님께서 직접 만나서 끌어들여야 할 사람이 있어요."

"내가?"

심원의의 눈에 이채가 어렸다.

자신이 직접 나서면서까지 포섭해야 할 사람이라면 그만큼 중요한 사람이라는 뜻이다.

"누군가?"

"삼뇌서생 하진월."

"처음 듣는 이름이군."

"운남성의 인물이니 심 공자는 모를 수도 있어요. 하지만 그는 반드시 포섭해야 해요."

"꼭 그래야만 하는 이유라도 있나?"

"그는 당금 천하에서 나에게 필적할 만한 두뇌를 가진 유일한 사람이에요."

심원의의 눈에 이채가 어렸다.

겉으로 보기엔 한없이 겸손해 보이지만, 실은 누구보다 자존심이 강한 그녀이다. 이제껏 누군가를 그녀와 동등하게 평가하는 것을 단 한 번도 본 적이 없었다.

"오 년 전 그를 만나고 충격을 받았어요. 그래서 심마를 안겨주었죠."

그를 만난 것은 유명한 대석학인 석대 선생의 회갑연이었다. 우연히 동석한 두 사람은 담론을 나누기 시작했는데, 천문 지리를 비롯해 절진과 용병술, 전략까지 첨예한 대립각을 세웠다.

사람을 보는 관점, 철학, 성격까지 무엇 하나 맞는 것이 없었다. 하지만 서로의 천재성만큼은 확실하게 인지했다. 특히 서문혜령이 느낀 위기감은 매우 심각했다. 이대로 하진월을 내버려 두면 단시간 안에 자신의 위치를 위협할 거라 생각한 것이다.

그래서 가문의 절진을 하진월에게 보여주었다. 서문세가 수백 년의 정화가 담긴 구주만형대진(九州萬形大陣)이 그것이다. 서문세가가 배출한 천재들의 지식이 총망라된 구주만형대진을 본 순간 하진월은 큰 심마에 빠졌다.

"하지만 그가 정말 천재라면 지금쯤 심마를 극복했을지도 몰라요."

"그렇게 말하니 나도 만나고 싶군. 만일 포섭하지 못한다면?"

"그렇다면 반드시 제거해야 해요. 창룡회가 아닌 다른 그 어떤 용에게도 여의주를 물려주고 싶지 않으면."

*   *   *

진무원은 대진객잔을 빠져나와 홀로 거리를 걸었다.

옥계에 사는 사람들은 아직도 그날의 충격에서 빠져나오지 못하고 있었다. 거리엔 사람의 모습이 거의 보이지 않아서 마치 버려진 도시 같았다.

거리 곳곳엔 아직도 그날의 흔적이 강하게 남아 있었다. 벽엔 무기가 부딪친 흠집이 선명했고, 바닥엔 아직 지워지지 않은 핏자국이 참혹하던 기억을 떠올리게 했다.

간혹 거리를 지나다니는 사람들도 진무원이 설화를 들고 있는 모습을 보곤 저 멀리 돌아가곤 했다. 그만큼 옥계 사람들에게 무인은 공포의 대상이었다.

진무원은 발길이 닿는 대로 걸음을 옮겼다. 당기문이 윤자명을 치료할 방법을 알아낼 때까지는 그가 특별히 할 일이 없었다.

황철은 오랜만에 만난 곽문정에게 자신이 얻은 깨달음을 조금이라도 전해주려고 노력하고 있었다. 때로는 타인을 가르치면서 새로운 깨달음을 얻기도 하는지라 진무원은 될 수 있으면 두 사람 사이에 끼어들지 않으려 했다.

정처 없이 걸음을 옮기던 진무원이 문득 뺨에서 느껴지는 찬바람에 고개를 들었다. 그러자 꽤 넓은 호수가 눈에 들어왔다. 자신도 모르게 옥계 근처의 호수에 도착한 것이다.

"응?"

그런데 그의 시야에 무척이나 이색적인 광경이 들어왔다.

호수 위에 조그만 배들이 몇 척 떠 있었다. 조그만 배들은 그나마 그중 가장 큰 배 위에 있는 남자가 깃발로 무어라 지시할 때마다 일사불란하게 움직이고 있었다.

"저 사람은?"

깃발을 들고 있는 남자는 그도 익히 알고 있는 사람이었다.

삼뇌서생 하진월. 그가 배 위에서 고래고래 소리치고 있었다. 진무원의 얼굴에 절로 미소가 걸렸다. 왜 그런지 몰랐다. 그냥 하진월을 보는 순간 자신도 모르게 웃음이 난 것이다.

진무원은 호숫가에 서서 하진월이 하는 모습을 지켜보았다.

하진월은 배를 이리저리 움직이며 무언가를 시험해 보는 듯했는데, 결과물이 그리 마음에 들지 않는 듯 인상을 잔뜩 찌푸리고 있었다.

그가 갑자기 들고 있던 깃발을 던지고는 갑판에 주저앉아 한참 동안이나 수면을 노려보았다. 그 모습이 보통 심각한 것이 아니었기에 뱃사공들은 물론이고 진무원도 숨을 죽인 채 지켜보았다.

그렇게 얼마나 지났을까?

"으아아! 제기랄! 정말 모르겠다!"

갑자기 그가 큰 소리와 함께 그대로 벌렁 누웠다. 대자로 누워 하늘을 한참이나 올려보던 그의 얼굴에 갑자기 그림자가 드리워졌다.

"엉?"

"여전하시군요."

"네놈, 아직도 옥계를 떠나지 않았냐?"

하진월의 얼굴에 드리운 그림자의 주인은 진무원이었다.

하진월이 냉큼 몸을 일으켜 가부좌를 틀고 앉았다. 그러자 진무원도 그의 맞은편에 털썩 주저앉았다.

하진월이 팔짱을 낀 채 진무원을 노려봤다. 진무원은 그의 시선을 피하지 않았다. 하진월의 눈빛에서 악의가 느껴지지 않았기 때문이다.

"네놈 때문에 말이 많은 건 알고 있겠지?"

"그렇습니까?"

"북검이라며? 아주 광오한 별호야."

"저도 모르게 그렇게 불리더군요."

"원래 소문의 주인공만 자신의 이야기를 모르는 법이지."

하진월이 고개를 주억거렸다.

진무원을 바라보는 그의 눈빛은 처음에 만났을 때보다 많이 누그러져 있었다.

하진월이 문득 뱃사공을 향해 소리쳤다.

"아까 준비했던 술상을 가져오게! 목이 텁텁하구먼!"

"예!"

뱃사공의 대답이 들려왔다.

"술상도 준비해 놨습니까?"

"흥! 뱃놀이를 하려면 당연히 준비해야 하는 거 아냐?"

"딱히 뱃놀이를 하는 거 같지는 않습니다만."

"봤냐?"

"예."

진무원의 대답에 하진월이 피식 웃으며 손가락으로 수면을 가리켰다. 그의 손가락을 따라 수면을 보던 진무원의 눈이 크게 떠졌다.

그야말로 어마어마한 수의 물고기가 수면 아래 득실거리고 있었다. 마치 보이지 않는 어망에 갇힌 것처럼 물고기들은 한 자리에 갇혀 퍼덕이고 있었다.

"진…… 법입니까?"

진무원의 목소리가 절로 떨려 나왔다.

그도 진법을 어느 정도는 펼칠 줄 안다. 원리도 어느 정도 꿰뚫고 있고, 시간만 충분히 주어진다면 꽤 수준 높은 진법도 펼칠 수 있었다. 하지만 그런 그조차 조각배 몇 대를 이용해 수면 아래의 물고기를 가둘 수 있을 정도의 광대하면서도 정묘한 진법을 펼칠 수 있다는 이야기는 들어본 적이 없었다.

"흥! 쓸데없는 잡기지."

하진월이 코웃음을 치며 다른 배들을 향해 손을 휘저었다. 신호를 받은 배들이 제 위치를 벗어나 호숫가로 향했다. 그러자 한곳에 뭉쳐 있던 물고기들이 물보라를 일으키며 사방으로 흩어져 순식간에 종적을 감췄다.

'이 정도 진법이 쓸데없는 잡기라니.'

이쯤 되니 어지간한 진무원도 하진월에게는 질릴 정도였다.

그때 뱃사공이 술상을 두 사람 사이에 내려놨다. 하진월은 술잔에 술을 가득 따라 진무원에게 건네준 후 자신의 잔에도 술을 가득 따랐다.

"마셔라."

진무원은 거부하지 않고 술잔을 들이켰다. 독한 화주였다. 식도가 화끈한 것이 단숨에 취기가 올라올 정도였다. 하진월 정도의 남자가 왜 이런 싸구려 독주를 마시는지 알 수 없었다.

진무원은 하진월의 술잔에 술을 가득 따른 후 자신의 잔에도 가득 채웠다.

"흐흐! 앞에 앉은 게 사내새끼라서 그렇지 나쁘지 않아. 뭐, 어여쁜 계집이었으면 더 좋았겠지만."

"저도 그렇습니다."

"흐흐!"

두 사람은 그렇게 술잔을 주거니 받거니 했고, 금방 술 한 병이 동이 났다. 그러자 뱃사공이 잽싸게 술 한 병을 더 내왔다.

두 사람의 얼굴은 취기로 금세 붉게 달아올랐다.

"곧 중원으로 가겠구나?"

"그럴 생각입니다."

"흠!"

하진월이 진무원을 빤히 바라보았다. 괜히 얼굴이 간지러 웠지만 진무원은 그의 시선을 피하지 않았다.

"거참, 재밌단 말이야."

"뭐가 말입니까?"

"네놈 말이야. 어디서 너 같은 놈이 갑자기 툭 튀어나왔을 까?"

무려 밀야와 패권회의 싸움이었다. 평범한 무인들은 개입 할 엄두는커녕 도주하기도 바쁜, 그런 엄청난 싸움이었다. 그 런데 진무원은 단순히 개입한 것이 아니라 양측의 싸움을 홀 로 종식시켜 버렸다. 그야말로 엄청나다는 표현밖에 사용할 수 없는 무력이었다.

하진월은 자신이 알고 있는 모든 지식을 떠올렸지만, 기존 의 문파에서 진무원과 같은 자가 있다는 이야기는 들어본 적 이 없었다. 진무원 정도의 재능을 가지고 있다면 어린 시절부 터 소문이 나지 않을 수 없었다.

당금 강호 최고의 기재들이라는 칠소천도 어린 시절부터 두각을 나타내지 않았던가? 그렇게 본다면 진무원은 확실히 별종이었고, 흥미가 일 수밖에 없는 존재였다.

문득 하진월이 물었다.

"네놈, 천하를 꿈꾸느냐?"

"천하?"

진무원은 답하지 못했다. 아니, 할 수가 없었다. 한 번도 생각해 본 적이 없는 명제였기 때문이다.

진무원은 한참 동안이나 침묵을 지켰고, 하진월은 그런 진무원을 오래도록 바라보았다.

마침내 진무원이 입을 열었다.

"모르겠습니다. 하지만 한 가지는 확실히 알고 있습니다."

"그게 무엇이냐?"

"제 목소리를 배반하지 않겠다는 것만은 확실합니다."

"네 목소리?"

"제 안에서 들려오는 소리, 가슴의 울림대로 살아갈 겁니다."

"몽상가구나."

"그럴지도 모릅니다. 그래도…… 그렇게 살고 싶습니다."

"가슴의 울림대로 살아간다?"

진무원의 말은 하진월의 가슴에도 묘한 울림을 전해주고 있었다.

'자신의 목소리를 배신하지 않는단 말이지? 내 목소리는? 나의 바람은 무엇이지?'

갑자기 가슴이 답답해졌다.

진무원의 대답은 그에게 생각지도 못한 질문을 던졌다. 하진월은 답을 구하기 위해 눈을 감았다.

진무원은 그 모습을 말없이 바라보았다.

한참의 시간이 지난 후 하진월이 눈을 떴다. 진무원은 순간 하진월의 눈에 어려 있던 안개가 걷힌 듯한 느낌을 받았다.

하진월의 입가에 웃음이 어렸다.

"네놈, 반드시 운중천으로 가거라."

"운중천?"

"그곳에서 아주 재밌는 일이 벌어질 게다."

"딱히 가고 싶지는 않습니다만."

"아니, 반드시 가야 해."

"왜입니까?"

"흐흐! 왜냐면 내가 갈 테니까. 길을 안내해 줄 길동무가 필요해."

"그런……."

진무원이 어이없다는 표정을 지었다. 반대로 하진월은 진무원이 반드시 자신의 말을 들어줄 거라고 확신하고 있는 표정이었다.

"반드시 운중천에 가야 할 이유라도 있습니까?"

"빚을 청산하기 위해 만나야 할 계집이 있거든."

"계집?"

"그렇게만 알고 있거라. 만나면 너한테도 소개시켜 줄 테니까 궁금해도 참아."

진무원이 눈살을 찌푸렸다.

'운중천, 운중천이란 말이지.'

이제껏 황철을 구하는 것에만 집중하느라 운중천에 관해
서는 미처 생각을 해본 적이 없다.

북천문을 멸망하게 한 주역들이 모여 있는 곳이다. 세칭 아
홉 하늘이라는 초고수들이 지배하는 곳. 강호의 축소판이고,
젊은 무인들이 들어가길 꿈꾸는 곳이 바로 운중천이다.

'좋든 싫든 나는 밀야와 깊이 얽혀 있다. 아무래도 밀야에
대한 정보를 얻으려면 운중천에 들러야 할 것 같구나.'

"휴!"

진무원이 한숨을 내쉬자 하진월이 그럴 줄 알았다는 듯이
씨익 웃었다.

"흐흐! 잘 생각했다."

"언제쯤 출발하실 생각입니까?"

"네놈이 출발할 때."

"시간이 조금 걸릴 수도 있습니다."

"상관없어. 보다시피 소일거리는 많으니까."

"알겠습니다. 제가 출발할 때 따로 연락 드리겠습니다."

"연락할 거 없어. 네놈이 출발할 때 내가 알아서 나타날 테
니까."

"그리고……."

"뭐?"

"그 호칭, 어떻게 안 되겠습니까? 좋은 이름 놔두고……."

"난 네놈이 좋아. 아직까지 네놈은 나에게 딱 그 정도 수준이니까. 네놈이 조금 더 이름을 날리게 되면 그때 가서 새로운 호칭을 생각해 보지."

"휴!"

진무원이 나직이 한숨을 내쉬었다. 이상하게 하진월의 말투가 거슬리거나 밉지 않았다. 그것도 재주라면 재주일 터다.

진무원은 남은 술을 입에 털어 넣었다. 하진월도 미소를 지으며 술잔을 비웠다. 그렇게 마지막 술 한 방울까지 동이 나자 진무원이 몸을 일으켰다.

"그만 가보겠습니다. 아무래도 일행이 걱정할 거 같군요."

"흐흐! 네놈 정도의 무력을 가진 놈을 누가 걱정하겠느냐?"

"……."

"뭐, 그래도 시간이 늦었으니 어서 가보거라. 배웅은 하지 않겠다."

"그럼."

진무원이 포권을 취한 후 호숫가를 향해 몸을 날렸다. 그런데도 하진월이 타고 있는 배는 조금의 흔들림도 없었다.

진무원의 모습이 금세 시야에서 사라졌다.

하진월이 갑판에 드러누워 하늘을 올려다봤다. 어느새 어둠이 내린 하늘에는 수많은 별이 빛을 발하고 있었다.

"놈이 나타나면서 천기가 변하고 있어."

그의 망막엔 별의 바다가 가득 담겨져 있었다.

별들은 나름의 질서를 가지고 정해진 궤도로 움직이고 있었다. 하지만 언제부턴가 그런 질서가 깨지고 별들의 궤도가 조금씩 달라지고 있었다.

등장만으로 천기마저 변하게 하는 자는 그리 많지 않았다.

"시대를 움직이는 영웅, 아니면 역천을 꿈꾸는 야심가. 과연 어떤 길을 걸을지⋯⋯."

그가 미소를 지었다.

진무원을 만나고 나서 한결 개운해진 기분이다.

"하하!"

그의 웃음이 호수 위에 울려 퍼졌다.

5장

뜻이 같은 자, 같은 길을 간다

진무원은 후원을 거닐었다.

바람이 불어와 그의 머리카락을 부드럽게 쓸어 올렸다. 진
무원은 눈을 감고 바람에 몸을 맡겼다.

'한설…… 너도 이 바람을 느끼고 있으면 좋겠구나.'

그때 진무원의 상념을 깨는 목소리가 있었다.

"진 소협, 여기 계셨군요."

진무원이 눈을 뜨자 물이 든 대야를 들고 있는 당미려가 보
인다.

"당 소저."

"숙부님한테 이야기 들었어요. 운중천에 가신다죠?"

"예."

"아마 저도 같이 갈 거 같아요. 잘 부탁드릴게요."

"제가 오히려 잘 부탁드려야죠. 윤 공자께 가는 길입니까?"

"예, 숙부님께서 맑은 물을 떠오라고 하셔서요."

"그럼 함께 가죠."

"예."

당미려의 얼굴에 은은한 홍조가 돌았다. 당미려는 날이 어두워서 다행이라 생각했다. 그러지 않았다면 무척이나 곤란할 뻔했다.

진무원은 당미려와 함께 보조를 맞춰 걸어갔다. 당미려는 고개를 숙인 채 걸으면서 힐끔힐끔 진무원의 옆모습을 훔쳐봤다. 그녀는 이 길이 더 오래도록 이어졌으면 좋겠다고 생각했다. 하지만 그녀의 기대와 달리 그들은 금세 별채에 도착했다.

두 사람은 윤자명이 있는 방으로 들어갔다. 방 한가운데 윤자명이 누워 있고, 윤서인과 공진성이 그를 지켜보고 있다. 두 사람이 들어오자 윤서인과 공진성이 일어나 맞이했다.

"진 소협."

"오셨는가?"

두 사람의 말투가 달라져 있다.

진무원은 이제 더 이상 상대하기가 쉬운 사람이 아니었다. 물론 예전에도 쉬운 것은 아니었지만, 지금은 그때와 차원이 다른 사람이 되어 있었다.

북검이라는 별호가 진무원의 현재 위상을 단적으로 설명해 주고 있었다.

진무원이 두 사람에게 포권을 취하며 물었다.

"윤 공자의 상세는 좀 어떻습니까?"

"별반 나아지진 않았다네. 그나마 당 대협이 광증을 잘 억제해 광기가 폭발하지 않는 것만으로 다행이라 생각하고 있지."

공진성의 얼굴에 그늘이 드리워졌다.

당기문도 최선을 다해 치료를 하고 있지만, 아직까지는 큰 진척이 없었다. 당기문은 그들이 기댈 수 있는 유일한 희망이었다.

"당 대협은?"

"잠시 후 돌아오겠다며 나갔는데 아직 소식이 없네요."

윤서인의 목소리에는 숨길 수 없는 초조함이 그대로 담겨 있었다.

윤자명은 그녀가 제일 좋아하는 오빠이다. 평소 윤자명이 얼마나 밝고 긍정적인 사람인지 잘 알고 있기에 그녀의 안타까움은 배가 되었다.

그때였다. 문을 열고 당기문이 안으로 들어왔다. 네 사람은 자리에서 일어나 당기문을 맞이하려 했다.

당기문이 그들을 향해 손을 내저으며 만류했다.

"모두 앉게."

그의 얼굴엔 희색이 감돌고 있었다.

진무원이 물었다.

"무슨 방도라도 알아내신 겁니까?"

"아직 확실치는 않네. 하나 시도해 볼 만한 방법을 찾아냈다네."

당기문의 대답에 공진성과 윤서인이 자신도 모르게 벌떡 일어났다.

"정말인가요?"

"그렇다네. 하지만 아직은 이론일 뿐이니까 너무 큰 기대를 갖진 말게."

당기문이 흥분한 두 사람을 진정시키며 자리에 앉았다. 그의 오른쪽 손에는 예의 사슴 가죽으로 만든 주머니가 들려 있었다. 진무원이 준 것이다. 그리고 왼쪽 손에는 자줏빛이 감도는 조그만 돌이 들려 있었다.

당기문이 자줏빛 돌을 내밀었다.

"이게 뭔지 아는가?"

진무원이 고개를 젓자 당기문이 미소를 지었다.

"자철석(磁鐵石)이라는 돌이네. 이놈은 기이하게도 쇠붙이를 끌어당기는 성질을 가지고 있지. 그러나 구하기 쉽지 않아 일반인은 자철석이라는 이름조차 모르는 이들이 대부분이라네."

진무원과 사람들은 잠자코 당기문의 설명을 들었다.

"지난 며칠 동안 자네가 준 독물의 성분을 분석하려고 모든 지식을 총동원했네. 하지만 내가 아는 그 어떤 지식으로도 독물의 성분을 알아낼 수 없었네."

지난 며칠은 당기문에게 악몽 같은 시간이었다. 미지의 독물 앞에 그는 자신이 얼마나 미약한 존재인지 절감했다.

그만큼 독물은 그의 상식을 철저하게 벗어나 있었다. 당기문은 이 독물을 만들어낸 자가 고금에 보기 드문 천재가 아니면 악마라고 생각했다.

그가 아는 모든 지식을 총동원하고 갖가지 시험을 해봤지만 독물은 그 어떤 변화도 일으키지 않았다. 오히려 시험을 하는 당기문의 머리가 어질한 것이 조금만 방심하면 중독될 것만 같았다.

결국 화가 폭발한 당기문은 독물이 든 가죽 주머니를 벽에 던졌고, 우연히 근처에 있던 자철석 옆에 떨어졌다.

"아니, 그랬더니 이 녀석이 반응을 하는 게 아닌가? 마치 쇠붙이처럼 자철석에 끌려가더군."

그제야 당기문은 미지의 독물이 광물 성분이라는 사실을
떠올렸다.

"독물을 해독할 수는 없겠지만 체외로 배출할 수는 있지
않을까 하는 생각이 들더군. 그래서 옥계의 이름난 장인을 찾
아 이 녀석을 만들어달라고 부탁했네."

당기문이 꺼낸 것은 침술을 펼칠 때 사용하는 침이 가득 든
목함이었다. 그런데 침은 특이하게도 자줏빛을 띠고 있었다.

"그건?"

"그렇다네. 자철석으로 만든 걸세. 이제부터 이걸로 침술
을 펼치려 한다네. 나도 처음으로 시도하는 거라 자네들의 도
움이 필요하다네. 그러니 정신 바짝 차리고 나를 도와주게."

"부탁드립니다, 당 대협."

"힘껏 도와드릴게요."

공진성과 윤서인이 목소리를 높였다. 그러나 당기문의 시
선은 진무원을 향해 있었다. 그는 두 사람보다 진무원을 더
믿고 있었다.

진무원이 고개를 끄덕이자 당기문이 안심한 표정으로 윤
자명의 앞에 앉았다.

"미려야."

"예, 숙부님."

"금령활정침술(禁靈活晶針術)을 펼칠 것이다. 너도 준비하거라."

"알겠습니다."

당미려의 얼굴에 긴장의 빛이 떠올랐다.

당기문이 말한 금령활정침술은 혼자서는 펼칠 수 없는 고도의 침술이었다. 단숨에 전신 삼십육 대혈을 각기 다른 속도와 깊이로 침을 놓은 후 독문의 내공을 이용해 추궁과혈을 해서 체내의 독기를 뽑아내야 했다. 그 때문에 반드시 두 사람 이상이 손발을 맞춰야만 했다.

"시작한다."

말과 함께 당기문이 윤자명의 전신에 침을 놓기 시작했다. 그와 동시에 당미려가 독문 내공을 운용하며 추궁과혈을 하기 시작했다. 윤서인과 공진성이 긴장 어린 표정으로 그 모습을 지켜보았다.

순식간에 윤자명의 전신에 자줏빛 침이 가득 박히고, 당기문과 당미려의 양손에 공력이 집중됐다. 두 사람은 호흡을 맞춰 윤자명의 전신을 주물렀다.

"크으으!"

순간 윤자명이 반응했다. 몸을 부들부들 떨면서 발작을 하려는 것이다.

"그가 발작하지 못하도록 제압해야 하네."

당기문의 외침에 진무원과 공진성이 내력을 이용해 윤자명의 사지를 제압했다.

당기문과 당미려의 손놀림이 점점 빨라졌고, 얼굴에서 굵은 땀방울이 비 오듯 쏟아지기 시작했다. 겉보기엔 평범한 추궁과혈 같았지만, 그 속엔 무척이나 복잡한 원리가 숨어 있고 내공의 소모도 극심했다.

처음엔 공들인 노력에 비해 아무런 효과도 보지 못하는 듯했다. 그러나 시간이 흐를수록 윤자명의 전신에 기묘한 변화가 일어나기 시작했다.

투툭!

갑자기 윤자명의 전신 혈관이 피부 위로 불거져 나왔다. 툭 튀어나온 혈관이 유난히 검게 물들어 있는 것이 보였다. 그에 당기문과 당미려가 공력을 더욱 끌어 올렸다. 그러자 검은 기운이 자줏빛 침이 꽂혀 있는 대맥으로 조금씩 이동하기 시작했다.

'역시……'

당기문의 얼굴에 희열의 빛이 떠올랐다.

그의 예상대로 자철석으로 만든 침이 광물 성분의 독기를 끌어당기고 있었다.

주르륵!

대맥에 박힌 침 위로 검은 물방울이 송골송골 맺히기 시작했다. 자철석으로 만든 침 안에 육안으로는 확인하기 힘들 정도의 미세한 구멍이 뚫려 있는 것이다. 독기는 침 안의 구멍을 통해 외부로 조금씩 배출되고 있었다.

"윤 소저는 물수건으로 독기를 닦아내게. 침을 건드리지 않도록 조심하게."

"예!"

윤서인이 당기문의 지시대로 움직이기 시작했다.

"크으으!"

몸 안에 있는 독기가 침을 통해 배출될수록 윤자명의 고통 또한 커져만 가는 듯했다. 하지만 진무원과 공진성에게 제압된 터라 기괴한 신음만 흘릴 뿐이었다.

그렇게 시간이 얼마나 흘렀을까?

몸 안에 있던 독기라 상당히 배출되었는지 검기만 했던 혈관 색이 많이 옅어져 있었다. 그사이 윤서인은 몇 번이나 안과 밖을 오가면서 대야에 담긴 물을 새로 갈았다.

윤자명의 몸을 닦은 수건은 즉시 밖에 버리고 새로운 수건을 가져오길 수십여 차례. 모두가 녹초가 되었다. 특히 추궁과혈을 하는 당기문과 당미려의 얼굴은 극심한 공력의 소모로 하얗게 질려 있었다. 하지만 두 사람은 결코 추궁과혈을 멈추지 않았다.

그렇게 다시 한 시진이 지났다.

툭!

윤자명의 몸 안에 있던 마지막 독기 한 방울까지 모조리 배출되었다.

"허!"

그제야 당기문과 당미려가 손을 놓고 뒤로 나가떨어졌다. 벽에 등을 기댄 채 당기문이 진무원에게 힘겹게 말했다.

"혹시 독기가 더 남아 있을지 모르니 자네가 마지막으로 점검해 주게."

"예!"

진무원이 대답과 함께 윤자명의 명문혈에 장심을 갖다 대고 내력을 운용했다. 진무원의 그림자 내력이 순식간에 윤자명의 체내로 침투했다.

'역시!'

당기문의 짐작이 옳았다.

윤자명의 체내에는 아직도 은밀히 숨어 있는 독기가 있었다. 놈은 기해혈 이면에 은밀히 숨어 세를 불릴 기회를 노리고 있는 것 같았다.

진무원은 그림자 내공을 이용해 독기를 포획했다. 그림자 내공에 갇힌 독기가 마지막 발악이라도 하듯 미친 듯이 요동쳤다. 그러자 그림자 내공이 더욱 단단하게 놈을 조였다.

그 과정에서 그림자 내공은 독기의 성분을 분석하고 그에 대응할 수 있는 최적의 형태로 형질을 바꾸고 있었다. 십 년 전 혼마 태무강이 그랬던 것처럼 진무원의 그림자 내공 역시 조금씩 진화하고 있었다.

주르륵!

그림자 내력에 의해 마지막 독기까지 체외로 배출되자 당기문이 윤자명의 전신에 꽂혀 있는 침을 뽑았다.

"휴!"

그제야 당기문은 안도의 한숨을 내쉬었다. 윤서인이 조심스럽게 물었다.

"저희 오라버니, 이제 괜찮은 건가요?"

"잠시만 기다리거라."

당기문이 윤자명의 맥문을 잡고 진맥을 하기 시작했다. 한참 동안이나 윤자명의 맥을 살피던 당기문이 슬며시 미소를 지었다.

"일단 체내에 있는 독기는 모두 배출된 것 같구나. 하지만 독기에 몸이 상할 대로 상했으니 보약으로 원기를 보충해 줘야 한다."

"말씀만 하세요. 어떤 약재라도 금방 구해올 테니."

당기문은 약방문을 써서 윤서인에게 넘겼다. 약방문에 쓰인 약재 대부분은 천금의 값어치를 지닌 귀한 것들이었지만 백룡상단의 힘이라면 어렵지 않게 구할 수 있을 것이다.

"감사합니다. 정말 감사합니다."

윤서인과 공진성이 당기문 숙질에게 연신 머리를 조아리며 감사의 인사를 했다.

당기문과 당미려의 얼굴에 미소가 어렸다.

가슴을 짓누르고 있던 커다란 바윗덩이를 치운 듯 속이 후련했다. 그것은 진무원도 마찬가지였다.

*　　*　　*

강호가 요동치기 시작했다.

밀야의 등장에 이어 한 가지 소문이 천하를 강타했기 때문이다.

운중천에서 젊은 무인들로 구성된 무력 조직을 신설한다. 신설된 조직의 무인들은 분쟁 지역에 투입되고, 분쟁 지역의 문파에서 무인들을 차출할 수 있는 권한과 감찰권을 가지게 될 것이다.

소문의 여파는 그야말로 어마어마했다.

중소 문파의 무인들은 물론이고 구대문파의 젊은 무인들

까지 술렁이기 시작했다.

운중천과 구대문파, 북천사주 등으로 대변되는 중원무림이다. 각 지역의 패자가 워낙 뚜렷하거니와 운중천의 영향력이 천하를 아우르고 있었다.

그곳에 중소 문파의 젊은 무인이나 낭인무사들이 설 자리는 존재하지 않았다. 능력이나 무력보다는 어떤 문파에 속해 있느냐에 따라 대접이 달라졌다. 운중천이나 구대문파 등에 속하지 않고서는 어떤 웅지(雄志)도 꿈꿀 수 없는 고착화된 세상인 것이다.

그런 정지된 세상을 살아가는 젊은 무인들에게 운중천이 강력한 권한을 가진 젊은 무인들로 구성된 조직을 만든다는 소문은 엄청난 희소식이었다.

각 지역의 촉망받는 젊은 무인들이 움직이기 시작했다. 소문의 진위 여부는 알 수 없었지만, 그래도 남들보다 먼저 운중천에 도착하기 위해서였다.

그런 소문은 진무원의 귀에도 들어왔다. 강호 제일의 정보통이라 할 수 있는 청인을 통해서였다.

방 안에는 진무원을 비롯해 청인과 곽문정, 황철, 당기문 등이 모여 있었다.

"호호! 어때? 냄새가 나는 것 같지 않아?"

"확실히 그렇군요."

"아주 절묘해. 누가 생각해 낸 것인지 몰라도 정말 대단해."

청인이 감탄했다는 듯이 연신 고개를 끄덕였다. 반대로 곽문정은 답답하다는 표정을 하고 있었다.

"도대체 뭐가 대단하다는 건가요? 젊은 무인들로 된 조직을 만든다는 것이 그렇게 큰일인가요?"

"제발 생각이라는 것을 해라, 요놈아."

청인이 곽문정의 머리를 가볍게 쥐어박았다. 곽문정이 과장되게 어깨를 움츠리며 뒤로 물러났다.

"자꾸 그렇게 때리니까 지능이 떨어지는 거라구요."

"이미 바닥인데 더 떨어질 지능은 있고?"

"크!"

그 모습을 지켜보던 당기문이 웃으며 입을 열었다.

"운중천은 이번 소문으로 크게 두 가지의 이득을 얻었다. 첫 번째는 옥계 사태로 흉흉해진 강호인의 이목을 운남에서 돌렸다는 것이고, 두 번째로는 젊은 무인들에게 의욕을 불러일으켰다는 것이다. 밀야의 등장으로 인해 자칫 위축될 수 있는 분위기를 반전시켰다는 것만으로도 운중천이 얻은 소득은 적지 않다."

"아!"

그제야 곽문정이 이해했다는 듯이 감탄사를 터뜨렸다.

청인이 그런 곽문정을 보며 보충 설명을 했다.

"누구 머리에서 나온 생각인지 몰라도 정말 기가 막혀. 무엇보다 대단한 것은 마치 기다렸다는 듯이 이런 대책을 내놨다는 거야. 누군지 몰라도 민심의 흐름을 읽을 줄 아는 자가 있어."

"그러니까 오랜 세월 강호의 최정상에서 군림해 온 거겠지. 운중천이란 나무는 실로 거대해서 뿌리를 내리지 않은 곳이 없고 가지가 미치지 않는 곳이 없으니까."

당기문이 한숨을 내쉬었다.

따지고 보면 그 역시 운중천의 일원이나 마찬가지였다. 당가 역시 운중천을 떠받치는 든든한 기둥인 동시에 강호의 공고한 질서 중 하나이니까.

"운중천이 의도했든 그렇지 않든 변화의 물결은 시작됐습니다. 곧 강호에 큰 바람이 불 겁니다."

청인의 시선이 중앙에 앉은 진무원을 향했다.

그는 알고 있었다.

이 모든 변화의 시작과 중심에 진무원이 있다는 것을. 비록 그 자신이 의도한 것은 아니지만 그로 인해 이 모든 변화가 촉발됐다.

'그가 북천문의 마지막 문주라는 사실만으로도 천하는 요동칠 것이다.'

아직은 자신이 정보를 틀어막고 있지만 언제까지 통제할

수는 없었다. 분명 언젠가 진무원의 진실한 신세 내력이 알려지게 될 것이고, 그 후폭풍이 어디까지 미칠지는 청인도 예측할 수 없었다.

'일단은 틀어막는 데까지 틀어막을 수밖에. 그 후의 일은 그때 가서 생각하자.'

머리가 지끈지끈했다. 청인이 양손 엄지로 관자놀이를 문질렀다. 그제야 머리가 조금 맑아졌다.

당기문이 진무원에게 물었다.

"자네, 어찌할 셈인가?"

"운중천에 가볼 생각입니다."

진무원의 눈이 북쪽으로 향했다.

반드시 운중천에 갈 생각이었지만, 그전에 한 군데 들를 곳이 있었다.

'패권회.'

옥계 사태를 일으킨 주범인 조천우가 있는 곳. 황철을 더이상 위험에 빠지게 하기 싫었다. 그를 운남성 밖으로 보낸 후 조천우를 만날 생각이다. 결과가 어떻게 나오든 간에 말이다.

'숙부, 우린 끝까지 악연으로 남을 모양입니다. 당신의 야망을 위해 북천문을 배신한 것까지는 이해할 수 있지만, 당신의 야망을 위해 무고한 이들을 끌어들인 것은 결코 이해할 수

없습니다.'

진무원은 자신의 생각을 감추며 말을 이었다.

"그들의 의도야 어찌 됐든 그냥 이곳에 앉아 있을 수만은 없으니까요."

"그럼 나도 함께 가겠네."

"당 대협도 운중천으로 가실 생각입니까?"

"그들은 이대로 옥계 사태가 묻히길 바라겠지만 나는 그럴 수 없다네. 이 문제를 정식으로 제기해 연관이 있는 자들과 문파를 반드시 심판받게 하겠네."

당기문은 이미 굳은 결심을 한 표정이었다.

불의를 보고 모른 척 지나갈 수는 없었다. 그것은 그의 정체성과도 직결된 일이기도 했다.

누가 뭐래도 그는 의협당가의 일원. 불의를 보고 모른 척 지나간다면 당가의 무인이라는 자부심도 버려야 했다.

"괜찮겠습니까? 당가에 가해지는 압력이 적잖을 텐데요."

"가주께서도 이해하실 거네. 무(武)와 협(俠)은 다른 말이 아닐세. 무공을 익힌 자는 반드시 협을 행해야 하고, 그것이 곧 무가의 정체성이라네. 그게 내 생각이고 당가의 존재 이유라네."

당기문의 말에는 강한 신념이 깃들어 있었다. 그의 올곧은 신념은 청인마저 감탄하게 만들었다.

'과연 의협당가의 구성원이라는 건가?

당가의 만독각주가 뱉은 말이다. 자신이 한 말은 반드시 지키는 사람이 바로 당기문이었다.

"그럼 나도 가지."

청인은 자신도 모르게 불쑥 말을 내뱉었다. 모두의 시선이 자신에게 모아지자 쑥스러운지 뒷말을 덧붙였다.

"꼭 한번 가보고 싶었거든."

"알겠습니다."

진무원은 당연히 그럴 줄 알았다는 듯이 고개를 끄덕였다.

그의 시선이 이제껏 침묵을 지키고 있는 황철을 향했다. 그는 이제껏 단 한마디도 안 하고 있었다.

"황숙은 어떡하시겠습니까?"

"솔직히 따라가고 싶은 마음은 굴뚝같지만 제가 따라가 봐야 공자님께 짐만 될 겁니다."

그는 알고 있었다. 뜻하지 않은 기연으로 어설픈 검강을 펼칠 수 있게 되었지만 그것이 무척이나 불완전하다는 사실을. 내공과 검공의 조화를 완벽하게 이루기 전에는 완벽한 검강을 사용할 수 없다는 사실을 말이다.

"백룡상단과 함께 난주로 돌아가 이번에 얻은 깨달음을 정리하고 완전히 제 것으로 만들겠습니다."

"잘 생각하셨습니다."

"이 기회에 문정이에게도 제 깨달음을 전해주고 같이 수련하려 합니다. 조금만 기다려 주십시오, 공자님. 이 황철, 반드시 공자님께 든든한 힘이 되어드리겠습니다."

황철의 눈은 굳은 신념으로 빛나고 있었다.

진무원이 미소를 지었다.

"저는 황숙을 믿습니다."

"공자님의 믿음에 실망시켜 드리지 않을 겁니다."

"저, 저도 열심히 할게요."

곽문정도 주먹을 꽉 쥐었다.

진무원과 함께하면서 곽문정 역시 깨달은 것이 많았다. 그 중 가장 큰 것은 역시 무인은 힘이 있어야 한다는 것이다.

힘이 없는 자의 정의는 부질없는 외침에 불과할 뿐이라는 사실을 절감했다. 자신의 뜻을 관철시키기 위해선 힘이 필요하고, 힘을 기르기 위해선 오직 수련만이 최선이었다.

*　　　*　　　*

일단 독기를 몰아내자 윤자명의 상세는 빠르게 호전됐다. 이틀이 지나자 정신을 차렸고, 또다시 이틀이 지나자 스스로의 힘으로 상체를 일으킬 수 있게 됐다. 그제야 윤자명은 진무원과 황철, 당기문 숙질 등을 불렀다.

"정말 어떻게 감사의 말씀을 드려야 할지 모르겠습니다. 정말 감사합니다. 덕분에 살 수 있었습니다."

"이렇게 무사하게 회복되었으니 정말 다행이네. 그래도 최소 석 달 동안은 내가 처방해 준 약방문으로 보약을 지어 드시게. 그러면 상한 원기가 어느 정도는 회복될 걸세."

"예, 반드시 그렇게 하겠습니다."

윤자명의 시선이 진무원을 향했다.

"감사합니다, 진 소협. 서인이에게 이야기 들었습니다. 저 때문에 고초가 많으셨다구요. 이 은혜는 반드시 갚겠습니다."

"저보단 다른 분들이 고생을 많이 하셨습니다. 은혜는 그 분들에게 갚으십시오."

진무원의 말에 윤자명이 미소를 지었다. 이미 주위 사람들에게 진무원의 반응이 이럴 거란 이야기를 들은 탓이다.

"그럴 생각이니 걱정하지 마십시오. 저는 한번 입은 은혜를 결코 잊는 사람이 아닙니다. 어떤 식으로든 반드시 최선의 보답을 하겠습니다. 진 소협도 혹시나 필요한 것이 있다면 언제든 백룡상단에 연락을 주십시오. 제가 도울 수 있는 거라면 그것이 어떠한 것이든 최선을 다하겠습니다."

다른 사람도 아닌 윤자명이 하는 말이다. 그의 말은 곧 백룡상단의 의사를 대표하는 것이나 다름없었다.

이로써 천하십대상단이라는 든든한 배경을 두게 되었지만, 진무원의 표정에는 한 점의 변화도 없었다.

보상을 노리고 한 일도 아니고 딱히 윤자명을 구하기 위해 한 일도 아니었다. 오직 황철을 구하기 위해 한 일이었다.

윤자명을 구한 것은 부수적인 일에 지나지 않았기에 그다지 크게 생각하지 않았다. 하지만 윤자명은 그런 진무원의 무심한 태도가 오히려 더 마음에 들었다.

'이 남자는 분명 강호사에 큰 족적을 남길 것이다.'

비록 의식이 회복된 지 얼마 되지 않았지만 상인의 감이 그렇게 속삭이고 있었다. 그는 뼛속까지 상인 그 자체인 사람이었다. 지금 진무원과 끈을 연결해 두면 훗날 큰 도움이 될 수 있을 거란 사실을 본능적으로 깨달았다.

다행히 그에겐 진무원과 연결된 강력한 끈이 있었다. 그것도 한 개가 아닌 두 개나.

그의 시선이 한쪽에 있는 황철과 곽문정을 향했다.

"저 때문에 고초가 많았습니다, 황 보표님. 이 보답은 반드시 하겠습니다. 그리고 문정이 너도 고맙다. 이 은혜는 결코 잊지 않으마."

"아닙니다, 공자님."

"저는 아무것도 한 게 없어요."

황철과 곽문정이 손사래를 쳤다. 이미 예상한 반응이다.

그런 두 사람의 모습이 오히려 기꺼웠다. 곽문정의 성정은 이미 잘 알고 있었고, 함께 상행을 하면서 황철이 무척이나 진실한 사람이란 것을 알게 되었다.

그는 황철과 개인적으로 더 친해져야겠다고 다짐했다.

그때 당기문이 입을 열었다.

"이제 자네 몸도 어느 정도 회복되었으니 중원으로 출발해도 될 것 같군."

그것으로 출발 일정이 결정되었다.

*　　*　　*

콰르릉!

굉음과 함께 만절곡이 무너지고 있었다.

거대한 전각이, 아름드리나무가 무너지는 바위더미에 깔려 짓뭉개졌고, 엄청난 먼지가 비산해 시야를 가렸다.

붕괴는 꽤 오랜 시간 지속되었다. 마침내 먼지가 모두 가라앉고 시야가 맑아졌을 때는 더 이상 만절곡은 존재하지 않았다. 엄청난 양의 바위로 이뤄진 커다란 동산만이 존재할 뿐이었다.

"휘유! 대단하군."

담주인이 그 광경을 보며 휘파람을 불었다.

이를 위해 벽력탄 수십 개와 천금이 소요됐다. 만절곡은 사라졌고, 사람들은 이 안에서 어떤 일이 있었는지 알 수 없게 됐다. 그야말로 완벽한 뒤처리였다.

지난 며칠간의 고생이 헛되지 않았다. 담주인이 만족스러운 미소를 지으며 뒤돌아섰다. 이젠 다시 운중천으로 돌아갈 시간이었다.

그때였다.

갑자기 허공에서 뚝 떨어진 것처럼 붉은 옷을 입은 무인이 나타나 그의 앞에 한쪽 무릎을 꿇었다.

"당주님."

"무슨 일인가?"

"변수가 발생했습니다."

"변수?"

담주인의 눈에 이채가 떠올랐다.

"죽어야 할 자가 죽지 않았습니다."

"그럼?"

"백룡상단의 윤자명이 의식을 회복했다고 합니다."

"정말인가?"

"방금 확인했습니다. 아직 거동은 힘들지만, 생각하고 말하는 데는 아무런 지장도 없다고 합니다."

담주인의 표정이 딱딱하게 굳었다.

수하의 말이 사실이라면 그의 뒤처리는 완벽한 게 아니었다.

"설마 그가 해약을 찾아낸 것인가?"

"그건 아닌 것 같습니다. 다만 매우 특별한 방법이 동원된 것 같습니다."

"특별한 방법이라……."

"현재 면밀히 관찰하고 있으니 곧 어떻게 해독한 것인지 알아낼 수 있을 겁니다."

"반드시 방법을 알아내야 한다."

항상 웃기만 하던 담주인의 얼굴이 처음으로 섬뜩하게 변했다. 일의 특성상 그는 항상 가면을 썼다. 웃음이란 이름의 가면을. 그리고 오늘 처음으로 그의 가면에 균열이 일어났다. 그만큼 수하가 보고한 내용은 충격적이었다.

"당기문, 당가의 만독각주라더니…… 역시 명문의 저력은 무시할 것이 아니군."

명문이 수 대, 수십 대에 걸쳐 쌓아온 지식의 기반은 상상을 초월할 정도로 두꺼우면서도 폭이 넓었다. 특히 당가처럼 수백 년을 명문으로 군림해 온 무가의 저력은 실로 놀라울 정도였다.

"그리고……."

"놀랄 게 또 남아 있는가?"

"권마가 모습을 감췄습니다. 명목은 폐관 수련을 한다는 것인데, 패권회 어디서에도 그의 모습이 감지되지 않습니다."

"조천우가?"

뜻밖의 보고에 담주인이 미간을 찌푸렸다.

"그쪽은 허 장로가 맡지 않았던가?"

"그 때문에 허 장로님도 꽤 당황하시는 눈치입니다."

"흐음!"

담주인이 손가락으로 턱을 톡톡 두드렸다. 고민이 있을 때 나타나는 그의 유일한 버릇이다.

한참을 턱을 두드리던 담주인이 마침내 입을 열었다.

"이쪽에서 그쪽 일까지 신경 쓸 여력은 없어. 허 장로가 알아서 처리하도록 내버려 두도록. 앞으로 적무당은 당기문이 어떻게 윤자명을 해독했는지 알아내는 데 총력을 기울인다."

"알겠습니다."

대답과 함께 수하가 담주인의 눈에서 사라졌다.

이제부터 수십 개의 눈이 당기문의 일거수일투족을 감시하게 될 것이다. 그렇게 얻은 정보는 모두 담주인에게 전해질 것이고, 다각도로 분석될 것이다.

"큭! 재미없게 됐군."

*　　　　*　　　　*

　　백룡상단은 아직 상태가 온전치 않은 윤자명을 위해 커다란 마차를 마련했다. 특별 주문한 마차는 침상이 들어갈 정도로 크고 안락했다.

　　마차 안에는 윤자명, 윤서인 남매, 그리고 당기문, 당미려 숙질이 들어갔다. 아직 윤자명이 완전히 회복된 상태가 아니었기에 운남성 접경까지만 동행하면서 당기문이 상태를 지켜볼 계획이었다.

　　호위는 올 때와 마찬가지로 철기당과 보표들이 하기로 했다. 임무를 완수했기 때문인지 용무성을 비롯한 철기당 무인들의 표정은 유난히 밝아 보였다.

　　진무원과 황철 등은 일행의 맨 뒤에 처져 따라갔다. 윤자명은 극구 사양하는 진무원의 품에 거액의 전표를 찔러 넣어줬다. 덕분에 진무원은 뜻하지 않게 부자가 된 셈이었지만, 정작 그 자신은 크게 실감하지 못하고 있었다.

　　"그럼 출발하지."

　　용무성의 외침에 마차 행렬이 북쪽으로 출발하기 시작했다. 올 때와 달리 한결 가벼워진 분위기에 보표들의 얼굴에도 미소가 감돌았다.

　　행렬이 출발하자 황철은 곽문정과 딱 붙어서 이런저런 이야기를 하기 시작했다. 그에게 자신의 심득을 나눠 주기 위해서였다. 같은 삼원심법을 익혔기에 곽문정은 황철의 가르침을 빠르게 흡수했다.

진무원이 주위를 돌아봤다. 당장 눈에 띄지는 않지만 보표들 가운데 청인이 능청스러운 표정으로 섞여 있을 것이다. 굳이 그를 찾을 필요는 없었다. 때가 되면 알아서 그가 나타날 것이다.

'이제 운중천으로 갈 일만 남은 것인가?'

그때 누군가 진무원의 옆으로 다가왔다. 그는 용무성이었다.

"어이, 무슨 생각을 그리 골똘히 하는 겐가?"

"그냥 이것저것 생각하고 있었습니다."

"생각이 많은가 보군. 흐흐!"

기분이 좋은 듯 용무성의 얼굴에 특유의 미소가 떠올라 있다.

"무슨 일이십니까?"

"자네도 소문 들었나?"

"소문?"

"운중천에서 젊은 무인들을 끌어모은다는 소문 말이야."

"들었습니다."

"역시 들었군."

용무성의 얼굴에서 웃음기가 싹 사라졌다.

"그래서 자네는 어떻게 할 생각인가?"

"일단은 운중천에 가볼 생각입니다."

"왜, 자네도 그 조직에 관심이 있는 건가?"

진무원이 고개를 저었다. 그러자 용무성이 의아한 표정을 지었다.

"그런데 왜?"

"알아볼 일이 있습니다. 운중천이 사람을 모집하는 것과는 아무런 관련이 없습니다."

"그렇군."

"그건 왜 물어보십니까?"

"사실 나도 운중천으로 가볼 생각이거든."

"철기당도 이번에 만든다는 조직에 관심이 있는 겁니까?"

"구미가 당기는 것은 사실이지만 들고 싶은 생각은 없어. 나도 개인적인 이유 때문에 가려는 거야."

"백룡상단은 어찌하구요?"

"무슨 일이 있어도 난주까지는 호위해야지. 그런 후에 바로 운중천으로 향할 생각이라네."

용무성의 표정은 무척이나 심각했다. 무슨 사정이 있을 거라는 생각이 들었지만 물어보지는 않았다.

"그럼 운중천에서 또 만나게 되겠군요."

"아마도."

용무성이 고개를 주억거렸다.

종리무환과 채약란 등이 그를 보고 있었다.

운중천으로 향하는 것은 비단 그의 뜻만은 아니었다. 철기당 모두의 뜻이었다.

"어쨌거나 자네 숙부는 걱정하지 말라구. 내가 무사히 난주에 모실 테니까."

"감사합니다."

"그럼 나는 선두로 가보겠네."

용무성이 말을 몰아 선두로 갔다. 진무원은 잠시 그 모습을 바라보다가 눈을 감았다.

그는 순식간에 심상의 세계로 함몰되어 갔다. 황철에게도 깨달음을 정리할 시간이 필요하듯 그에게도 그만의 시간이 필요했다.

남군위와 금단엽. 두 사람과의 싸움은 그에게 승리의 영광을 안겨주었지만, 반대로 부족한 부분을 절감하게 만들었다.

특히 금단엽과의 싸움이 그랬다. 금단엽의 음공은 진무원에게 큰 과제를 안겨주었다.

불특정 다수를 살상하는 광범위한 위력도 놀라웠지만, 더 대단한 것은 음파를 단 한 명에게 집중시킬 때였다.

금단엽의 천붕멸절음은 진무원에게 큰 내상을 안겨주었다. 만일 그의 성취가 조금만 더 높았다면 승패를 자신할 수 없었다.

'단순한 검술로는 천붕멸절음을 상대할 수 없다. 그렇다고 그때처럼 검명(劍鳴)으로 또다시 음파를 방해할 수 있다는 보장도 없다. 어떻게 해야 효율적으로 음공을 상대할 수 있을까?'

진무원은 금단엽과 상대하던 순간을 떠올렸다.

그때는 장소가 지하 공동이었다. 반사되고 증폭되는 음향의 특성 때문에 상대하는 것이 더 힘들었다.

'지하 공동은 금단엽에게 유리하고 나에겐 극단적으로 불리한 공간. 그는 음파의 위력을 극대화시켰고, 반대로 나는 기동력을 빼앗겨서 고전을 면치 못했다. 결국 그와 같은 상대와 싸울 때는 지리적으로 유리한 곳을 선점하는 것이 중요하겠구나.'

그것은 사실 매우 조그만 깨달음이었다. 하지만 배움에 목마른 진무원에겐 큰 깨달음이기도 했다.

본래 큰 변화는 조그만 깨달음에서 시작되기 때문이다.

'그렇다면 지하 공동에서 기동력을 살리려면 어떻게 해야 할까? 또 나에게 집중되는 음파를 해소시키려면?'

진무원의 상념은 끝없이 이어졌고, 상상의 나래는 무한의 날개를 활짝 펼쳤다.

그의 머릿속에서는 금단엽과의 싸움이 되풀이되고 있었다. 그 속에서 진무원은 끝없이 상황을 수정하고 있었다. 상황이 바뀔 때마다 진무원이 싸우는 방식 또한 달라졌다.

진무원은 그렇게 끊임없이 자신을 변화시켰다.

그렇게 얼마나 지났을까? 갑자기 마차의 행렬이 멈춰 서자 진무원은 눈을 떴다.

"무슨 일입니까?"

"저 앞에 누군가 길을 막고 있는 모양입니다."

보표의 대답에 진무원이 말을 몰아서 앞으로 나갔다. 그 뒤를 황철과 곽문정이 따랐다.

행렬 앞쪽으로 다가가자 커다란 수레가 길 앞을 막고 있는 것이 보였다. 수레를 끌고 있는 것은 소였다. 그것도 보통 소의 배는 될 법한 무식할 정도로 거대한 누런 소.

누런 소가 끄는 수레 위에 한 남자가 앉아 있었다. 수레 위에는 거하게 술상이 차려져 있었다. 남자는 이미 한잔했는지 벌겋게 달아오른 얼굴로 상의를 거의 다 풀어헤친 채 연신 부채질을 하고 있었다. 그가 진무원을 발견하고는 손을 흔들었다.

"어이!"

그는 하진월이었다.

진무원은 그의 시선을 외면했다.

"누구예요?

옆에 있던 곽문정이 호기심 어린 얼굴로 물어왔지만 쉽게 대답하지 못했다. 왠지 부끄러웠기 때문이다.

6장

은혜는 잊어도
원한은 절대 잊지 않는다

　뜻밖에도 하진월과 당기문은 무척이나 죽이 잘 맞았다. 하
진월이 합류한 그 순간부터 당기문은 수레로 자리를 옮기더
니 대작을 하기 시작했다.

　의술로 시작한 두 사람의 대화는 천문, 지리까지 이어졌고,
그 영역을 끝없이 확장해 갔다. 그런 두 사람의 대화는 종리
무환까지 끼어들면서 정점에 달했다.

　처음엔 그들의 대화에 귀를 기울이던 사람들은 알 수 없는
용어들이 등장하기 시작하자 이내 신경을 끄고 갈 길을 갔다.
하지만 하진월의 합류로 인해 분위기가 한껏 들뜬 것은 사실이었다.

운남성에 들어올 때와 반대로 패권회가 있는 곤명은 들르지 않았다. 이미 윤자명을 구했기에 패권회와 굳이 얽힐 이유가 없었다. 어차피 운남성을 벗어날 때까지만 함께하기로 했기에 진무원은 공진성이 이끄는 대로 따랐다.

어느새 해가 서산으로 뉘엿뉘엿 넘어가고 있었다. 공진성은 보표들에게 서둘러 노숙할 준비를 하라고 했다. 다행히 근처에 제법 큰 개울이 흐르고 있었고, 그 앞에 수십 명이 능히 머물 만한 공터가 있었다.

보표들은 마차로 둥근 방벽을 세우고 불을 피웠다. 개울에서 물을 떠와 모닥불 위에 걸린 커다란 솥에 가득 채웠다. 각종 건량과 야채가 솥에 들어가고, 금세 정체불명의 죽이 완성되었다.

보표들에게 배급이 돌아가고, 진무원도 한 그릇 받아 들었다. 보기엔 그다지 좋지 않아도 한 끼 식사로는 손색이 없다는 것을 경험으로 잘 알고 있었다.

식사를 하면서도 진무원의 표정은 그리 밝지 않았다. 곁에 있던 황철이 조심스럽게 물었다.

"왜 그러십니까, 공자님? 식사가 마음에 들지 않습니까?"

"아닙니다."

"그런데 왜?"

"그냥 가슴이 답답해서요."

"예?"

"마치 무언가 중요한 것을 잊어버린 것처럼 가슴이 답답하고 허전하네요."

이곳에 오는 내내 그랬다. 마치 보이지 않는 손이 발목을 잡아끄는 것처럼 무겁고 머릿속이 헝클어져 있었다. 그 때문에 쉽게 마음의 평정심을 찾기 힘들어 심상을 이용한 수련도 할 수 없었다.

진무원의 대답에 황철의 표정 역시 덩달아 심각해졌다. 진무원과 같은 고수의 평정심은 단단한 바위와도 같아서 결코 쉽게 흔들리거나 무너지지 않았다. 그런데도 평정심이 흔들렸다면 분명 무언가 그의 심리 기저에 영향을 끼쳤다는 것이다.

그때 황철의 뇌리에 문득 떠오른 생각이 있었다.

"혹시……."

"예?"

"그 검 때문이 아닐까요?"

"설화 말입니까?"

"예, 그 검을 만든 검은 돌을 가져온 부족의 터전이 이곳에서 그리 멀지 않은 곳에 있습니다."

"정말입니까?"

"이곳에서 북쪽으로 십여 리만 더 올라가면 검현산(劍玄山)이라는 곳이 나옵니다. 검현산 북쪽으로 깊숙이 들어가면 그 부족의 터전이 있습니다."

"가봐야겠습니다."

진무원이 그릇을 놓고 일어났다.

"지금 당장 말입니까?"

"예, 쇠뿔도 단김에 빼랬다고 지금 갔다 오는 것이 나을 것 같습니다."

"그럼 저도 같이 가겠습니다."

"굳이 그러지 않으셔도 됩니다."

"검현산은 보기보다 험하고 깊어서 길을 찾는 게 쉽지 않습니다. 길잡이가 필요하실 겁니다."

황철이 일어났다. 그의 의지가 너무나 확고해 보여 진무원은 더 이상 거절하지 못했다.

진무원은 일행에게 검현산에 다녀오겠다고 말했다. 혹시 늦으면 뒤따라갈 테니 기다리지 말고 먼저 출발하라고 했다.

두 사람은 일행이 노숙하는 곳을 떠나 검현산으로 출발했다. 진무원은 황철의 속도에 맞췄다. 황철의 경공술은 그리 뛰어나지 않았지만, 웅혼한 내공 덕분에 매우 빠른 속도를 유지할 수 있었다.

황철은 스스로도 신기하다고 생각했다. 아무리 내공을 써도 마를 것 같지 않고 지칠 것 같지도 않았다. 예전의 그였다면 절대로 상상할 수 없는 일이었다.

황철이 곁눈질로 진무원을 슬쩍 바라봤다. 자신이 최고의 속도로 달리고 있음에도 불구하고 보조를 맞추는 진무원은 안색 하나 변하지 않고 숨소리도 거칠어지지 않았다.

'공자님의 성취는 이미 내가 감히 짐작할 수 없는 경지에 이르셨구나. 주군께서 살아 계셔 이 모습을 봤다면 얼마나 좋아하셨을까?'

진관호를 떠올리자 금방이라도 눈물이 왈칵 쏟아질 것만 같았다. 진관호가 비극적인 최후를 맞은 지 벌써 십 년이 흘렀지만, 황철은 아직도 그를 생각하면 가슴이 미어질 것만 같았다.

황철은 억지로 눈물을 참고 웃으려 했다. 행여나 자신 때문에 진무원까지 울적해지는 것은 싫었기 때문이다. 하지만 가슴이 먹먹한 것은 어쩔 수가 없었다.

황철은 진무원에게 눈물을 보이기 싫어 더욱 속도를 높였다.

휙휙!

주변의 경관이 빠른 속도로 뒤로 밀려났다. 그렇게 달리다 보니 어느새 달빛 아래 거대한 그림자가 드리워져 있다. 희미한 달빛 아래 형체만 겨우 드러낸 거대한 산이 보였다. 검현산이었다.

"휴우!"

그제야 황철이 멈춰 서며 큰 숨을 토해냈다.

진무원도 멈춰 서서 검현산을 바라보았다. 허리에서 강한 떨림이 느껴졌다. 설화가 나직이 울고 있었다. 마치 고향에 돌아온 것이 반가운 듯 칭얼거리는 것 같았다.

'역시 설화 때문이었나?

진무원이 설화를 어루만졌다. 그러자 설화의 강렬한 떨림이 조금씩 진정되었다.

"아직 길이 남아 있을지 모르겠습니다."

황철이 약간은 근심 섞인 표정으로 말했다.

사람이 살지 않는 마을은 금세 폐허가 되게 마련이다. 마찬가지로 사람이 다니지 않는 길은 금세 초목으로 뒤덮여 흔적을 찾기 힘들다. 그가 이곳에 들른 것이 벌써 십 년 전의 일이다. 아직까지 길이 남아 있을 것 같지는 않았다.

황철은 오래전 기억을 더듬으며 수풀을 헤치고 앞으로 나가기 시작했다. 진무원은 그 뒤를 조용히 따랐다. 갑작스런 사람의 등장에 풀벌레들의 울음소리마저 끊긴 숲 속은 너무나 고요했다.

황철의 말처럼 검현산은 무척이나 험준했다. 애뇌산에 비할 바는 아니지만, 위험한 계곡과 만장 절벽들이 첩첩히 앞을 막고 있었다.

계곡을 건너고 절벽을 올랐다. 그렇게 한참을 나가다 보니 어느새 날이 밝아오고 있었다.

황철이 높다란 바위 위에서 한 방향을 가리켰다.

"저깁니다."

황철이 가리킨 곳은 사자가 포효하는 듯한 형상의 봉우리 아래 위치한 평지였다. 평지는 사람 키 높이까지 오는 풀로 뒤덮여 있었는데, 집의 잔해로 추정되는 나무 기둥들이 군데군데 삐져나와 있었다.

"이곳이……."

징징!

애써 진정시켜 놓은 설화가 다시금 거센 울음을 터뜨렸다. 설화의 검명은 근처에 있는 황철의 가슴마저 진탕시켰다.

"크윽!"

생각지도 못한 요기에 황철이 가슴을 부여잡으며 급히 공력을 끌어 올렸다. 그러자 가슴이 겨우 진정됐다.

"무슨 검이……."

황철이 질렸다는 표정으로 설화를 바라보았다. 진무원에게 요검이라는 이야기는 들었지만 직접 요기를 경험해 본 것은 처음이다.

진무원은 대답하지 않았다. 아니, 대답할 수 없었다. 설화의 요기가 진무원의 가슴마저 진탕시키고 있었기 때문이다.
진무원은 설화를 진정시키려 했지만 소용이 없었다.

가슴이 먹먹해지면서 왠지 눈물이 나려 했다. 자신의 감정
이 아니었다. 설화의 감정이었다.

진무원은 자신도 모르게 설화가 이끄는 대로 걸음을 옮겼
다. 설화의 검명에 이끌려 그가 향한 곳은 마을의 뒤쪽에 있
는 커다란 동굴이었다.

동굴 안쪽에는 부족의 조상을 모시던 사당이 있었는데, 철
저하게 파괴되어 흔적만이 겨우 남아 있었다.

"이곳입니다. 이곳에서 그 돌을 가져왔습니다."

"생존자는 아예 없는 겁니까?"

"제가 왔을 때는 생존자가 없었습니다."

그때의 기억이 살아났는지 황철의 얼굴이 어두워졌다.

예전에 이곳에 왔을 때는 목불인견의 참상이 벌어져 있었
다. 수많은 부족민이 죽어 있었고, 그들이 키우던 짐승까지도
몰살을 당했다. 집은 대부분이 타거나 부서졌고, 거리엔 온통
피 냄새만이 가득했다. 평화롭게 살아가던 수백여 명의 소부
족이 그야말로 몰살을 당한 것이다.

"지금도 저는 모르겠습니다. 도대체 이곳의 그 무엇이 무
림인들을 끌어들였고 이들을 멸망으로 이끌었는지⋯⋯."

이곳은 사방이 산으로 막힌 곳이었다. 근처에 이권이 될 만

한 요소라고는 하나도 존재하지 않았다. 딱히 무림인들이 매력을 느낄 만한 곳이 아니었다. 그런데도 무림인들이 들어와 부족민을 몰살시켰다는 것은 그들이 알지 못하는 무언가가 존재한다는 뜻이다.

잠시 주위를 둘러보던 진무원은 동굴 안쪽으로 걸음을 옮겼다. 동굴 안쪽은 천장이 무너졌는지 돌무더기로 막혀 있었다.

진무원은 돌무더기를 바라보았다. 돌무더기 너머에서 강한 끌림이 느껴졌다. 그를 증명이라도 하듯 허리에 찬 설화가 더욱 강한 검명을 토해내고 있다.

진무원은 돌무더기를 하나씩 옮기기 시작했다. 황철이 그를 도왔다. 이유는 묻지 않았다. 진무원이 하는 행동에는 반드시 그에 합당한 이유가 있을 거라고 생각하는 황철이었다. 그렇게 두 사람은 한참 동안 돌무더기를 치웠다. 그러자 이제까지 숨어 있던 안쪽의 풍경이 드러났다.

안쪽의 풍경을 확인하는 순간 진무원은 자신도 모르게 입술을 질겅질겅 깨물었다. 황철의 표정 역시 딱딱하게 굳었다.

"이건?"

돌무더기로 은폐되어 있던 동굴 안에는 수많은 시신이 짐짝처럼 쌓여 있었다. 오랫동안 밀폐되어 있던 공간에 있던 탓인지 시신들은 썩지 않고 목내이가 되어 있었다. 시신들의 앞에는 커다란 웅덩이가 있었다.

"그럼 그때 밖에서 본 시신이 다가 아니었단 말인가?"

황철의 목소리가 절로 떨려 나왔다.

목내이가 된 시신의 수는 무려 백여 구가 넘었다. 시신에서
는 고약한 악취가 흘러나와 정신을 혼미하게 만들었다. 하지
만 진무원은 악취를 무릅쓰고 목내이가 된 시신에 다가가 자
세히 살폈다.

"이들은 모두 여자군요."

"그럼 여자들만 모두 따로 모았단 말입니까?"

"그런 것 같습니다."

"으음!"

황철의 표정이 미묘하게 일그러졌다.

'백 구의 시신, 모두가 여자……'

무언가 생각이 날 것 같은데 명확하게 떠오르지가 않았다.

시신들의 상태는 그야말로 최악이었다. 목내이가 된 지 너
무나 오래되어 진무원의 손이 닿을 때마다 말라비틀어진 살
점이 부서져 내렸다. 진무원은 목내이가 부서지지 않도록 최
대한 조심하며 자세히 살폈다. 그 결과 목내이의 목과 팔목에
십자 모양의 날카로운 자상이 나 있다는 사실을 알아냈다.

"아무래도 이 상처를 통해 체내의 피를 모두 뽑은 것 같군
요. 그래서 시신이 목내이가 된 거구요."

"도대체 어떤 미친놈이 시신의 피를 모조리 뺀답니까? 미치지 않고서야."

"정말 이곳을 패권회가 전멸시킨 것이 맞습니까?"

"일단은 소문은 그렇게 났습니다. 왜 그러십니까?"

"피를 모두 빼앗긴 채 목내이가 된 시신, 그리고 이 구덩이, 누군가 마공을 익힌 것 같습니다."

"마공?"

"타인의 생혈을 이용해 익히는 마공, 혹시 생각나는 것 있습니까?"

황철이 고개를 저었다.

그동안 백룡상단을 따라 천하를 수없이 돌아다녀 제법 견문이 넓다고 자부하는 그였지만, 여인의 생혈을 이용해 익히는 마공이 있다는 소리는 들어본 적이 없었다.

"공자님께서는 아시는 것이 있습니까?"

"어릴 적에 북천문의 어른들에게 들은 이야기가 있습니다."

"무슨……?"

"여인의 생혈을 이용해 내력을 높이는 마공이 있다고. 여인의 피를 많이 흡수하면 할수록 그 위력은 기하급수적으로 늘어난다고 합니다."

"그런 마공이…… 존재한단 말입니까?"

"십자혈마공(十字血魔功), 그 극악한 위력과 인성의 파괴 때문에 오래전 강호에서 금지 마공으로 규정된 무공입니다."

진무원의 눈빛이 차가워졌다.

'십자혈마공에는 치명적인 부작용이 있다. 그건 바로 인성이 두 개로 나눠진다는 것. 누구냐? 이렇듯 금지된 마공을 익힌 자가……'

우웅!

설화가 울고 있었다.

*   *   *

아침 해가 뜨자 백룡상단은 짐을 정리해 길을 떠났다. 그때까지도 진무원은 도착하지 않았지만 걱정하는 사람은 한 명도 없었다.

진무원 정도의 무력을 갖고 있는 사람을 걱정하는 것은 어리석은 일이었다. 그들은 진무원이 잘 따라올 수 있도록 바닥이나 나무에 표식을 남겼다.

용무성이 생각에 잠겨 있는 종리무환을 바라봤다. 어제부터 종리무환의 표정이 어두워 보였다.

"무슨 걱정이라도 있는 게냐?"

"아, 아닙니다."

"그런데 왜 그렇게 우거지상이야? 임무도 모두 무사히 끝냈는데."

"그게……."

"말해봐."

용무성의 채근에 종리무환이 하는 수 없이 입을 열었다.

"진 소협 때문입니다."

"또 왜?"

"정확히는 진 소협의 손님으로 합류한 하 대협 때문입니다."

"그에게 무슨 문제라도 있나?"

"정말 대단한 사람입니다. 저는 천하에서 저렇게 아는 것이 많은 사람은 처음 봤습니다."

"너보다 더?"

"솔직히 제가 어찌해 볼 대상이 아닌 것 같습니다."

"그 정도야?"

용무성이 눈을 크게 치떴다.

종리무환을 누구보다 잘 안다고 자부하는 용무성이다. 무공은 조금 뒤떨어질지 모르지만 심계나 지식의 방대함에 있어서만큼은 타의 추종을 불허한다. 그 때문에 종리무환의 자존심은 누구보다 강했다.

진무원을 쉽게 인정하지 못하는 것만 봐도 그의 자존심이 얼마나 강한지 알 수 있었다. 그만큼 타인을 쉽게 인정하지 못하는 면도 있었다.

그런 그가 처음으로 자신의 부족함을 말하고 있다. 그것도 가장 자신 있는 학식으로 말이다. 용무성에겐 일대 사건이었다.

용무성의 시선이 상단 제일 뒤쪽에서 따라오고 있는 커다란 수레로 향했다. 하진월은 수레에 앉아 바둑을 두고 있었다. 상대는 바로 그 자신이었다. 일인이역, 자신을 상대로 바둑을 두고 있는 것이다.

"네가 인정하는 천재라 이거냐?"

"천재라는 말로도 부족할 것 같습니다. 저렇게 다양한 방면에 걸쳐 깊은 지식을 가진 사람은 처음 봤습니다."

처음엔 자신과 비슷한 사람이라 생각했다. 그래서 호감이 갔고, 술자리를 함께했다. 하지만 대화를 하면 할수록 하진월의 방대한 지식에 기가 질렸고, 종국에는 자괴감마저 느껴야 했다.

"흐음!"

종리무환의 설명에 용무성이 하진월을 바라봤다.

'또 천재라는 족속인가?'

진무원이라는 인물이 하진월이라는 천재를 끌어들였다. 진무원이 범상치 않은 존재이듯 하진월 역시 평범한 인물이 아니었다.

두 사람의 만남이 어떤 상승작용을 일으킬지는 미지수다. 하지만 그 여파가 결코 만만치 않을 거란 느낌이 들었다.

용무성이 종리무환의 어깨를 두들기며 말했다.

"너무 신경 쓰지 말거라. 너 역시 천재다. 나에겐 네가 최고의 책사다. 굳이 저자와 너를 비교해 스스로를 깎아먹을 필요 없다."

"형님?"

"너무 그들을 의식할 필요 없다. 그들에겐 그들의 길이 있고 우리에겐 우리의 길이 있으니까. 우리는 묵묵히 우리가 선택한 길만 가면 된다."

"예."

대답하는 종리무환의 음성에는 왠지 힘이 빠져 있었다.

'이것도 녀석이 넘어야 할 벽.'

그렇게 생각하며 용무성은 앞을 바라보았다.

과정이야 어떻든 간에 그들은 임무를 완수했다. 난주에 도착하기만 하면 백룡상단으로부터 거액의 보상금을 받을 것이다. 그 돈이면 그들이 그토록 원하던 일을 시작할 수 있었다.

'조금만 기다리십시오. 내가 곧 갈 테니까.'

용무성이 주먹을 꽉 쥐었다. 그런 그의 눈에는 은은한 살기가 흐르고 있었다.

용무성의 격앙된 감정을 느꼈는지 그의 주위로 철기당의 무인들이 모여들었다.

오랜 시간 함께해 온 그들이다. 서로의 표정만 봐도 생각을 알 수 있을 정도의 강한 유대감으로 이어져 있었다.

단순히 한자리에 모이는 것에 불과했지만, 그것만으로도 용무성과 종리무환은 금세 평정심을 되찾았다.

그런 철기당의 모습에 공진성이 감탄했다.

'저들은 정말 친형제나 다름없구나. 강호에 저렇듯 강한 결속력으로 뭉친 문파가 또 있을까?'

진무원이라는 걸출한 신흥 강자에 밀려 윤자명을 구하는 데는 그리 큰 역할을 하지 못했지만, 그래도 공진성이 철기당을 굳게 신뢰하는 데는 저렇게 강력한 유대감과 결속력의 영향이 컸다.

'당장은 소수에 불과하고 강호에 큰 영향력도 없지만, 저런 자들이 강호의 한 축을 차지하게 되는 법. 지금부터라도 인연의 끈을 탄탄하게 유지해야 한다.'

오랫동안 백룡상단에 몸담다 보니 공진성도 어느새 상인이 다 되었다. 하지만 그런 자신의 변화가 나쁘다고는 생각하지 않았다.

공진성이 윤자명이 타고 있는 마차를 바라보았다. 윤자명은 이제 상태가 많이 좋아졌다..

'노마님이 이 사실을 알면 얼마나 좋아하실까?'

백룡상단에서 기다릴 노태태를 생각하니 절로 입가에 미소가 어렸다. 그러나 그의 미소는 오래가지 않았다. 선두에 있던 철기당 무인들이 갑자기 멈춰 서면서 일행 전체가 멈춰 섰기 때문이다.

"왜 그러는가?"

공진성이 용무성의 곁으로 말을 몰았다. 하지만 용무성은 대답 없이 전방만 노려보았다. 공진성이 용무성이 바라보는 곳으로 시선을 던졌다.

"음!"

순간 그의 표정도 용무성처럼 딱딱하게 굳었다.

전방에 커다란 강이 가로지르며 그들의 행로를 막고 있었다. 하지만 그들의 신경을 건드린 것은 강이 아니라 그 앞쪽에 있는 커다란 바위였다. 정확히는 바위 위에 앉아 있는 거대한 체구의 남자 때문이었다.

마치 거대한 석상처럼 바위 위에 앉아 있는 남자의 몸에서는 그야말로 가공할 패기가 흘러나오고 있었다.

공진성의 입에서 절로 신음성이 흘러나왔다. 남자의 정체를 알아본 까닭이다.

'조천우.'

남자는 패권회의 지배자이자 북천사주의 일원인 권마 조천우였다. 그가 그들의 앞을 가로막고 있었다. 그 존재감만으로도 철기당을 비롯한 백룡상단의 행렬은 감히 앞으로 나갈 엄두를 내지 못하고 있었다.

조천우를 바라보는 용무성의 표정은 무겁기 그지없었다. 일대를 지배하고 있는 조천우의 기세에 억눌린 탓이다.

의문이 들었다.

'조천우가 왜 이곳에?'

패권회와 협상이 틀어졌지만 어떤 감정의 편린도 남기지 않았다. 즉 후환을 남기지 않았다는 뜻이다. 하지만 조천우의 살벌한 기세로 봐서 결코 좋은 뜻을 가지고 길을 막은 것이 아닌 듯싶었다.

언제까지 가만히 있을 수만은 없었다. 용무성이 앞으로 나섰다. 그가 포권을 취하며 입을 열었다.

"조 대협, 말학후배 용무성이라고 합니다."

"……."

용무성의 말에도 조천우는 입을 열지 않고 오히려 서늘한 시선으로 바라보았다. 그와 눈빛을 마주하는 순간 용무성은 안구가 깨어지는 듯한 통증을 느꼈다.

그러나 용무성은 이를 악물고 조천우의 눈빛을 피하지 않았다. 그에 조천우의 눈에 이채가 떠올랐다.

그가 입을 열었다.

"진무원이라는 자는 어디에 있느냐?"

"진무원?"

용무성이 자신도 모르게 이를 악물었다.

'옥계의 참사 때문인가?'

패권회가 관련된 일이었다. 그 때문에 운중천에서 강력한 경고를 받고 봉문을 했다는 이야기를 들었다. 그래서 어느 정도 안심하고 있었는데, 설마 조천우가 직접 나설 줄은 꿈에도 생각하지 못했다.

종리무환과 채약란의 표정도 그만큼 심각하게 변했다. 그들도 사태의 심각성을 깨달은 것이다.

"그는 지금 이곳에 없습니다."

"흥! 거짓말을 하려는가? 분명 백룡상단과 함께 움직인다는 정보를 입수했거늘."

"분명 그는 저희와 함께 움직였습니다. 하나 어젯밤에 저희를 떠나 이곳에 없습니다."

용무성이 설명을 했지만 조천우는 믿지 않는 눈치였다. 그의 눈에서 광망이 폭사되어 나오기 시작했다.

조천우가 거대한 몸을 일으키자 산악 같은 기세가 일어났다. 무인들이 타고 있던 말들이 놀라 투레질을 하거나 날뛰면서 일대 소란이 일어났다.

"끝까지 거짓말을 하려는가? 감히 이 조천우에게?"

조천우의 등 뒤로 백여 명의 무인이 나타났다. 운중천의 감시를 피해 대동한 패권회의 최정예 무인들이다. 무인들의 전신에서는 살기가 스멀스멀 피어오르고 있었다.

그들은 옥계에서 전멸한 설풍대 등의 조직과 오랫동안 교류해 온 사이였다. 그들은 동료들의 죽음에 분노하고 있었다.

"제가 어떻게 해야 믿으시겠습니까? 원하신다면 마차 안을 보여드릴 수도 있습니다. 샅샅이 수색해 보십시오."

"이미 대책을 세워놓은 모양이군. 그런다고 내가 믿을 줄 아나?"

조천우는 용무성의 이야기를 아예 듣지 않았다. 그는 용무성이 수작을 부리고 있다고 생각했다.

조천우가 부하들을 바라봤다.

"놈들을 모조리 죽이도록. 그래도 놈이 나타나지 않는지 두고 보겠다."

"존명!"

패권회의 무인들이 철기당과 백룡상단의 무인들을 향해 다가왔다. 그들은 살기를 숨기지 않았다.

종리무환이 용무성에게 속삭였다.

"우리가 어떤 말을 하던 저들은 결코 믿지 않을 겁니다."

"그렇겠지."

용무성이 이를 뿌득 갈았다.

그는 피할 수만 있다면 피해가고 싶었다. 아무런 대가 없는 위험을 감당하는 것은 그의 성격에 맞지 않았으니까. 하지만 조천우가 대놓고 노리는 이상 위험을 피해가는 것은 불가능했다.

그때 이제껏 지켜보기만 하던 공진성이 앞으로 나섰다. 그가 조천우에게 정중하게 포권을 취했다.

"조 대협, 소생 백룡상단의 호상단주인 공진성이라고 합니다. 무슨 오해가 있는 것 같은데 진정하시고 대화를 하시면 안 되겠습니까?"

"백룡상단? 그 보잘것없는 이름으로 나를 겁박하겠다는 건가?"

조천우가 기세를 끌어 올렸다. 그러자 공진성의 얼굴이 새하얗게 질렸다. 상대의 기세만으로 내상을 입은 것이다.

조천우는 이미 말이 통할 수 있는 상태가 아니었다.

'길(吉)과 흉(凶)은 동전의 양면 같다더니 둘이 항상 같이 오는구나. 이 공진성, 오늘 목숨을 걸어야겠구나.'

그가 뒤쪽에 있는 마차를 바라봤다. 창문을 열고 이쪽을 바라보는 윤자명과 윤서인이 보인다. 그들을 위해서라도 물러설 수가 없었다.

공진성이 힘껏 외쳤다.

"모두 무기를 꺼내라! 백룡상단이 그렇게 녹록한 곳이 아니란 사실을 저들에게 보여줘라!"

백룡상단의 보표들이 분분히 무기를 꺼내 들었다. 보표들도 돌아가는 분위기를 읽고 있었다.

"썩을! 어째 잘 풀린다 했더니."

"젠장할!"

옆에 있는 동료들의 마른침 삼키는 소리가 들린다. 이전과는 차원이 다른 위기감이 그들을 엄습하고 있었다.

쉬익!

패권회의 무인들이 달려들었다. 그들의 양 주먹에 아지랑이가 피어오르고 있었다.

'빌어먹을! 권기를 발산할 수 있는 절정의 고수가 백 명이라니, 더럽게 걸렸군.'

언제나 낙천적인 용무성이었지만 오늘만큼은 그럴 수가 없었다.

'젠장! 이럴 때 그 녀석은 어디 간 거야?'

그는 자리에 없는 진무원을 처음으로 원망했다.

그 순간 패권회의 무인들이 덮쳐왔다.

조천우가 용무성을 보며 비릿한 미소를 지었다.

"어디 오랜만에 한번 놀아볼까?"

"젠장! 지랄 맞구나."

하진월이 투덜거리며 자리에서 일어났다. 그러자 저 앞쪽에서 무인들이 뒤엉켜 싸우는 모습이 보인다.

철기당의 무인들이 선전하고 있었지만 전체적인 전황은 압도적으로 불리했다. 일반 보표들로 패권회의 무인들을 막는다는 것은 애당초 불가능한 일이었다.

"허, 하필 그가 자리를 비우고 없을 때 이런 일이 일어나다니."

당기문의 목소리가 절로 떨려 나왔다.

북천사주의 일원인 조천우가 나섰다. 그는 초절정을 오래전에 넘어선 고수 중의 고수였다. 그의 손에서 살아남을 수 있는 자는 존재하지 않았다.

"이대로는 씨몰살을 당하겠군. 하필 내가 합류하자마자 이런 일이 일어나다니 운도 지지리 없지. 아니, 내 운이 아니라 놈의 악운 때문인가? 일단은 놈이 올 때까지 버텨봐야겠구나."

하진월의 말에 당기문의 눈이 빛났다.

"버텨? 방법이 있겠는가?"

"이제부터 만들어봐야지요."

하진월의 입가에 묘한 미소가 어렸다.

　　　　　*　　　*　　　*

　"이봐, 당신."

　하진월은 엉뚱하게도 근처에 있는 젊은 보표를 불렀다. 젊은 보표가 영문을 알지 못해 멀뚱멀뚱 하진월을 바라봤다. 하지만 하진월은 아랑곳하지 않고 손을 까닥거렸다.

　젊은 보표가 인상을 팍 썼다.

　"무슨 일이슈? 지금 바쁜 거 안 보이슈?"

　"그게 중요한 게 아니라네."

　"그럼 뭐가 중요하오?"

　"지금쯤 분명히 은밀하게 지켜보고 있는 눈이 있을 터, 그들을 제거해 주게나."

　"내가 왜?"

　"흑월이니까."

　순간 젊은 보표의 얼굴이 보기 싫게 일그러졌다. 그 모습을 보며 하진월은 미소를 지었다.

　"무원이 떠나기 전에 이야기해 주었네."

　"그 인간이 진짜……."

　"내가 운중천이라면 반드시 우리 일행이나 조천우에게 감시를 붙였을 터. 그들이 어디에서 지켜볼 줄 모르지만 제거해 주게. 매우 중요한 일이라네."

"그걸 내가 왜 해야 합니까?"

"그게 흑월에도 이득이 될 테니까."

"무슨……?"

"정보의 독점이야말로 흑월의 가장 큰 무기. 굳이 운중천과 정보를 나눌 필요는 없지 않은가?"

하진월이 의미심장하게 웃었다. 마치 속내를 꿰뚫어 보는 듯한 그의 눈빛에 청인의 표정이 딱딱하게 굳었다.

'삼뇌서생 하진월, 이자에 대한 정보는 흑월에도 거의 없다.'

흑월에도 정보가 없다는 것은 주목의 대상이 아니란 뜻이다. 흑월의 원칙대로라면 청인은 위험을 피해 이 자리를 은밀히 빠져나가야 했다. 그런데도 그가 망설이는 것은 하진월 때문이었다.

철기당의 무인들과 백룡상단의 보표들이 밀리고 있었다. 이대로라면 전멸은 시간문제였다. 그런데도 하진월의 얼굴에는 전혀 위축된 표정이 없었다. 오히려 그는 지금의 상황을 즐기고 있는 듯 입가에 옅은 미소마저 띠고 있었다.

그래서 꺼림칙했다. 과연 하진월이 갖는 자신감의 근원이 무엇인지 자신의 두 눈으로 확인하고 싶은 요구가 마구 샘솟았다.

"젠장할! 나중에 월주한테 잔소리 무지 들을 것 같은데."

"그래도 후회는 하지 않을 걸세. 내가 장담하지."

"어디 지켜보겠소. 썩을!"

투덜거리던 청인의 모습이 순식간에 사라졌다. 하진월은 그의 가공할 은신술에도 전혀 놀라지 않았다.

"문정아."

"예!"

하진월의 부름에 곽문정이 뛰어왔다. 겨우 하룻밤을 같이 지냈을 뿐이지만 그는 하진월이 범상치 않은 사람이라는 것을 본능적으로 느끼고 있었다.

"네가 해줘야 할 일이 있다."

"말씀만 하세요."

하진월이 품에서 손바닥만 한 깃발 십여 개를 꺼내 곽문정에게 건넸다.

"이걸 내가 가리키는 곳에 정확히 꽂아라. 깃대에 표시된 만큼만 꽂으면 된다."

하진월의 말처럼 깃대에는 칼로 낸 듯한 흠집이 각각 다른 깊이로 새겨져 있었다.

하진월은 귓속말로 곽문정에게 깃발을 꽂아야 할 곳을 알려주었다.

"잘 기억할 수 있겠지?"

"예, 맡겨만 주세요!"

곽문정이 힘차게 대답했다.

하진월이 무슨 생각을 하는지 알 수 없었지만, 이 상황에서 믿을 수 있는 것은 하진월밖에 없었다.

곽문정이 하진월이 가리킨 방향으로 급히 뛰어갔다.

하진월의 옆에 있던 당기문이 입을 열었다.

"내가 도와줄 일은 없겠는가?"

"왜 없겠습니까? 당연히 있지요."

하진월이 미소를 지었다. 하진월의 눈은 맑고 깊었다. 그의 눈은 당기문이 보지 못하는 곳까지 꿰뚫어 보는 듯한 깊은 현기를 담고 있었다.

분명 위기 상황이었다. 그런데도 이상하게 든든했다. 당기문은 그 이유가 하진월과 함께이기 때문이라고 생각했다.

어디로 튈지 모르는 괴팍한 성격에 말투도 괄괄했지만, 하진월은 이상하게 신뢰감을 주는 남자였다. 이런 남자를 데리고 진무원이 무엇을 할지 궁금하기도 했다.

'한번 지켜볼까? 어디까지 갈 수 있는지.'

윤서인은 윤자명을 지키기 위해 나섰다. 상황이 너무나 급박했기에 보표들에게만 기댈 수 없었다. 그녀의 손에는 죽문검이 들려 있었다.

공동파의 진신절학이 그녀의 손에서 펼쳐졌다. 그러나 상대는 패권회의 무인이었다. 그녀도 검기를 뿌릴 수 있었지만, 상대 역시 권기를 마음대로 수발할 수 있는 경지에 올라 있었다.

무엇보다 상대는 그녀보다 실전 경험이 월등했고, 피를 보는 것을 두려워하지 않았다. 그 차이가 승패를 갈랐다.

퍼억!

"아악!

상대의 주먹이 그녀의 허벅지 바깥쪽에 작렬했다. 극렬한 통증에 윤서인이 비명을 지르며 뒤로 물러났다.

"계집이 감히 어디서……."

상대의 눈에 살기가 넘실거리고 있다.

다른 패권회의 무인들 역시 마찬가지였다. 옥계의 참사로 수많은 동료를 잃은 그들의 가슴에는 오직 분노만이 가득했다. 윤서인의 미모는 눈에 들어오지 않았다. 지금 그녀는 제거할 대상에 불과했다.

윤서인이 암담한 눈으로 주위를 둘러봤다.

수개월 동안 동고동락하던 보표들이 죽어나가고 있었다. 그들이 흘리는 신음성에 귀를 막고 싶었다. 그들의 죽음에 눈을 감고 싶었다. 하지만 그럴 수가 없었다.

그녀에게 강호는 더 이상 낭만적인 곳이 아니었다. 삶과 죽음의 경계가 걸쳐져 있는 위험한 세계였다. 그곳을 살아가는 강호인의 삶을 감당하기엔 그녀의 신경이 너무도 여렸다.

"서인아."

윤자명이 원통한 눈으로 윤서인의 뒷모습을 바라봤다. 동생이 위험에 처한 모습을 보았지만 지금 그가 할 수 있는 일은 아무것도 없었다.

"크윽!"

눈물이 앞을 가렸다.

패권회의 무인이 윤서인을 향해 그 커다란 주먹을 휘두르고 있었다. 솥뚜껑만 한 주먹에 윤서인의 가녀린 육신이 으스러지기 직전이었다.

서걱!

갑자기 낯선 무인이 그들의 싸움에 개입했다. 철기당의 공손창이었다. 그의 일검에 윤서인을 공격하던 무인이 목이 갈라지며 바닥에 쓰러졌다. 하지만 위험은 아직 끝난 것이 아니었다.

"숫자가 너무 많아."

공손창이 윤서인의 앞을 가로막으며 이마에 흐르는 땀을 닦아냈다. 철기당의 무인들이 고군분투하고 있었지만 수에서 너무나 많은 차이가 났다.

철기당의 무인들 몸에도 선혈이 낭자했다. 그 대부분이 타인의 피였지만, 이대로 가다가는 그들이 무너지는 것은 그야말로 시간문제였다.

그의 눈이 용무성을 찾았다.

쾅!

"크윽!"

굉음과 함께 용무성이 뒤로 주르륵 밀려났다. 그의 입가엔 한줄기 선혈이 흘러내리고 있었다. 조천우의 일권에 내상을 입고 만 것이다.

조천우의 공력은 그야말로 무시무시했다. 주먹은 쇳덩이보다 단단했고, 그 안에 담긴 파괴력은 집채만 한 바위라도 능히 분쇄할 정도였다.

조천우는 용무성을 내려다보고 있었다. 용무성을 안중에도 두지 않는 것이다.

용무성의 얼굴은 더할 수 없이 굳었다.

결과가 너무나 뻔히 보이는 싸움이었다. 제일 먼저 보표들이 몰살을 당하고, 철기당의 무인들이 하나둘씩 죽어갈 것이다. 이렇듯 압도적인 전력과 물량 공세에는 아무리 철기당이라 할지라도 당해낼 재간이 없었다.

종리무환이 어떻게든 사태를 수습하기 위해 동분서주하고 있었지만 소용없었다. 한번 기운 전황을 다시 되돌리는 것은 종리무환에게도 역부족이었다.

'하필 녀석이 자리를 비웠을 때 이런 일이 벌어지다니.'

그는 자리에 없는 진무원을 원망했다.

그때였다.

[일각만 시간을 벌어주시오.]

누군가의 전음이 그의 귓전에 울려 퍼졌다. 용무성이 슬쩍 뒤를 바라봤다. 이상하게 하진월이 눈에 들어왔다. 치열한 싸움이 벌어져서 피아를 구별할 수 없는 상황인데 이상하게 그만 도드라져 보이는 것이다.

'일각, 일각이란 말이지?'

이상하게 의심이 들지 않았다. 정말 일각만 버티면 무슨 수가 나올 것처럼 느껴졌다.

그가 용린도를 꼬나 잡은 손에 힘을 주었다. 그 모습에 조천우가 비릿한 미소를 지었다.

"아직 밑천이 남아 있는 모양이구나. 어디 한번 마음껏 펼쳐 보거라. 두 번 다시 기회가 없을 테니."

"흥! 나를 우습게 보지 마라, 노괴."

조천우가 대답 대신 손가락을 꺼떡거렸다. 그에 용무성이 입술을 깨물었다.

그가 공력을 용린도에 집중했다. 그러자 용린도가 붉은빛을 내뿜기 시작했다.

용린마형도(龍鱗魔形刀).

그의 진신절학이 펼쳐졌다.

쉬가각!

패도적인 도기가 공기를 갈기갈기 찢어발기며 조천우를 향해 날아갔다. 이전과는 차원이 다른 위력에 조천우가 처음으로 흥미롭다는 표정을 지었다.

피부를 저릿하게 울리는 위압감과 신경을 불안하게 긁는 날카로운 기파가 범상치 않았다. 비록 분노 때문에 잠시 이성을 잃긴 했지만, 그 역시 무의 궁극을 추구하는 무인. 생전 처음 보는 무공에 흥미가 생기지 않을 수 없었다.

그가 처음으로 웃었다.

"어디 마음껏 놀아보려무나."

"큰코다칠 거요."

용무성의 눈빛이 험악하게 변했다. 살기 어린 그의 눈빛에 조천우가 고개를 끄덕였다.

"그 눈빛 하나만큼은 마음에 드는구나. 하지만 눈빛만으로는 사람을 죽일 수 없지. 어디 그 칼도 눈빛만큼 날카로운지 보자꾸나."

"결코 실망하지 않을 거요."

용무성이 조천우를 향해 걸음을 옮겼다.

치잉! 치잉!

과도하게 주입된 공력 탓에 용린도가 기괴한 도명을 터뜨렸다. 마치 짐승이 우는 것 같은 소리였다.

용무성의 걸음이 점점 빨라지더니 순식간에 조천우와의 거리를 단축했다.

"챠핫!"

촤하학!

용린도에서 짐승의 발톱과도 같은 붉은 도기가 폭사됐다. 조천우는 왼발을 축으로 몸을 살짝 회전하며 용린도를 흘려보냈다.

순간 용무성이 용린도를 회전하며 역수로 쥐었다. 그런 그의 공격에 조천우의 옷깃이 살짝 잘려 나갔다.

그때부터 용무성의 본격적인 공세가 시작됐다.

용린마형도의 절초인 마마귀혼참(魔魎鬼魂斬), 용아폭렬혼(龍牙爆裂魂) 등이 연이어 펼쳐졌다.

도광이 번쩍이고 도풍이 폭풍처럼 휘몰아쳤다. 대지의 거죽이 일어나고 근처에 있던 바위가 부서져 나갔다.

조천우의 눈빛이 변했다.

용무성의 도법은 그야말로 처절한 살기를 머금고 있었다. 반드시 상대를 죽이겠다는 일념이 담긴 도법이었다. 용무성이 펼치는 초식 중 살초가 아닌 것이 없었다.

'이 도법을 만든 자는 분명 살인을 탐닉하는 미치광이거나 원한이 하늘을 찌르는 자겠구나.'

천하의 조천우도 위기감을 느낄 만큼 용무성의 용린마형도는 살벌했다.

조천우가 양손을 활짝 펼쳤다.

"너는 나의 권(拳)을 견식할 자격이 충분하다."

7장

그래도 후회는 하지 않는다

　전장에 변화가 일어났다. 속절없이 물러나기만 하던 철기
당의 무인들이 언제부턴가 조금씩 유기적으로 움직이기 시작
한 것이다.

　[서진 형님은 뒤로 물러나고 그 자리에 진엽 형님이 들어가
세요. 진홍 형님, 우측에 있는 자에게 화살을 날려 견제해 주
세요.]

　종리무환의 전음이 철기당의 무인들에게 숨 가쁘게 전달
되고 있었다. 그의 지시에 따라 철기당 무인들이 움직이면서
전열이 조금씩이나마 회복되고 있었다.

그러나 종리무환의 표정은 밝지 않았다. 그의 곁에는 하진월이 서 있었다. 그의 모든 지시는 하진월에게서 나온 것이었다.

겉보기엔 별다른 것이 없어 보였는데, 하진월의 시시에 따라 움직이다 보니 패권회 무인들의 움직임에 조금씩 파탄이 나기 시작했다.

서로가 서로의 발목을 잡을 수밖에 없게 상황을 만들어내면서 적들의 움직임은 더디게, 이쪽의 방어 태세는 견고하게 만들어가고 있었다.

"좌측이 무너지고 있어. 채 부당주를 그쪽에 투입하게. 저 검사는 지친 것 같으니 잠시 뒤로 물리고, 저 암기를 사용하는 남자를 대신 집어넣으면 얼추 균형이 맞을 것 같군."

그의 지시는 종리무환에 의해 전음으로 철기당 무인들에게 전해졌다. 그러자 저지선이 더욱 두꺼워지면서 다른 이들이 숨을 돌릴 여유가 생겼다.

하진월의 지시는 숨 쉴 틈도 없이 이어졌다.

"보표들 중 부상당한 이들을 빼서 저 마차들을 옮기게. 우측에 있는 큰 바위를 중심으로 삼아야 하네. 그곳에 내가 지시하는 대로 마차를 늘어놓게."

"예."

종리무환이 자신도 모르게 공손히 대답했다.

압도적인 역량의 차이가 자신도 모르게 태도로 나타난 것이다.

하진월은 상황에 지배되는 것이 아닌, 상황을 자신의 입맛에 맞게 지배하고 조정해 가고 있었다.

'이자, 도대체 어디까지 보고 있는 건가?'

단순히 생존하는 데 급급한 것이 아닌, 그 이상의 것을 보고 있다는 것이 느껴졌다. 수많은 이가 죽어나가는 급박한 상황에서도 하진월은 냉정하게 사태를 파악하며 조율하고 있었다.

그런 하진월의 모습에 종리무환은 전신에 소름이 올라오는 것을 느꼈다.

하진월이 곁에 있는 당기문에게 물었다.

"산공독 정도는 갖고 계시죠?"

산공독은 잠시 동안 공력을 모을 수 없게 만드는 효과가 있는 독이다. 초절정의 경지를 넘어선 고수에겐 별 소용이 없지만 일반적인 무인들은 내공을 사용할 수 없게 된다.

"있네만 지금의 상황에서는 별 소용이 없을 것 같군. 적과 우리 측 무인들이 뒤엉켜 있지 않은가? 적뿐 아니라 우리 측 무인들도 내력을 사용할 수 없게 되네."

"그건 제가 알아서 하겠습니다. 일단 산공독을 저에게 주시지요."

"그렇다면야……."

당기문이 품에서 옥색 자기병을 꺼내 하진월에게 건네주었다. 하진월은 산공독을 즉각 사용하지 않고 전장이 돌아가는 상황을 지켜보았다.

철기당의 무인들과 보표들은 조금씩 뒤로 물러나면서 원진을 만들어갔다. 마치 고슴도치가 가시를 잔뜩 세운 형국이라 패권회의 무인들도 쉽게 공략하지 못하고 있었다. 하지만 시간은 패권회의 편이었고, 전력의 차이도 압도적이었다.

조금 더 시간이 흐르고 철기당 무인들이 지치는 순간 전열은 걷잡을 수 없이 무너질 것이다. 그때부터는 일방적인 학살이 시작될 것이다.

즉 하진월의 능력이 아무리 뛰어나도 일반적인 방법으로는 상황을 뒤집을 수 없다는 뜻이다. 하진월도 그 사실을 잘 알고 있었다.

'문제는 사태를 바라보는 관점이지. 이기고자 하는 싸움이 아닌 버티는 싸움으로 접근해야 해.'

모든 것이 절대적인 열세였다. 그중에서도 가장 큰 문제는 진무원의 부재였다. 조천우를 상대할 만한 절대고수의 부재는 하진월이 어떻게 메울 수 없는 부분이었다.

당장은 용무성이 조천우를 상대로 선전하고 있지만 언제 꺼질지 모르는 촛불처럼 위태해 보였다. 그가 버텨줄 때 모든 것을 완성해야 했다.

"현재 사시(巳時:9시~11시) 후반, 양기가 충만한 오시(午時:11시~1시)까지 남은 시간은 불과 반각 정도. 부디 그때까지만 버텨주길."

하진월의 시선이 전장 외곽에서 부지런히 움직이는 곽문정을 향했다. 곽문정은 하진월의 지시를 정말 충실히 이행하고 있었다.

목숨이 위태한 순간도 많았지만, 그는 위기를 잘 헤쳐 나가며 깃발을 정확히 꽂고 있었다.

'얼핏 보면 둔한 것 같지만 저 녀석도 상당한 인재다. 특히 위기의 순간에서 저 정도의 집중력을 가질 수 있다는 것은 정말 대단한 일이지.'

하진월은 곽문정을 꽤 높게 평가하고 있었다. 그에게 이런 평가를 받는 사람은 몇 되지 않았다.

곽문정은 일곱 번째 깃발을 꽂은 후 다음 지점을 향해 움직였다. 하지만 그의 걸음은 앞을 막아선 패권회의 무인이 있었다.

육 척의 장신에 돌덩이를 연상시키는 전신의 근육, 그리고 꽉 쥔 주먹 사이로 일렁이는 권기(拳氣). 절정에 이른 무인이 분명했다.

무인의 이름은 양문소. 패권회에서도 알아주는 권사였다.

그는 아까부터 곽문정이 전장 곳곳에 깃발을 꽂고 다니는 것을 유심히 지켜보았다.

"꼬마, 무슨 짓을 하는 거냐?"

곽문정은 대답 대신 중검을 꼬나 잡았다. 그런 곽문정의 모습에 양문소가 코웃음을 쳤다.

"흥! 그래, 상관없겠지. 어차피 죽이면 그만인 것을."

양문소는 곽문정을 우습게 보고 있었다. 제법 단단한 기세를 흘리지만 그래 봤자 열서너 살 소년에 불과했다. 아직 근육도 여물지 않은 소년에게 질 수도 있다는 생각은 애초에 하지도 않았다.

"챠핫!"

양문소가 곽문정을 향해 주먹을 내질렀다. 주먹보다 권풍이 먼저 곽문정을 덮쳐왔다.

곽문정은 이를 악물며 중검을 휘둘렀다.

살이 떨리고 심장이 거세게 뛰었다. 온몸의 피가 평소의 몇 배나 되는 속도로 혈관을 치달으면서 호흡이 가빠졌다. 양문소의 거친 살기가 느껴졌다.

눈앞의 양문소가 사신처럼 느껴졌다. 공동파와의 대립 때도 위기를 느꼈지만 지금은 그때와는 비교할 수도 없는 상황이었다. 더군다나 지금 곁에는 진무원도 없었다.

오롯이 혼자의 힘으로 위기를 헤쳐 나가야 했다.

'내가 이 깃발을 꽂지 못하면 더 많은 사람이 죽는다.'

곽문정은 결의를 다지며 검식을 풀어냈다. 그런 곽문정의 대응에 양문소도 쉽게 접근하지 못하고 멀찍이서 권기를 발산하기 시작했다.

그가 주먹을 내뻗을 때마다 강력한 권기가 곽문정을 향해 해일처럼 밀려왔다. 하지만 곽문정은 침착하게 중검으로 그의 공격을 해소해 나갔다.

쾅!

중검과 권기가 격돌할 때마다 굉음이 터지며 고막을 아프게 울렸다. 충격이 더해지면서 곽문정의 몸이 들썩거렸다. 하지만 곽문정은 결코 뒤로 물러서지 않았다.

"이 애송이 새끼가······!"

그런 곽문정의 모습에 양문소가 분노하며 공력을 더욱 끌어 올렸다. 그의 공격은 더욱 거세졌고, 곽문정은 수세에 몰렸다.

옷이 찢겨져 나가고 온몸에 상처가 하나씩 늘어났다. 그래도 곽문정의 눈빛은 결코 죽지 않았다.

'절대 지지 않아. 견뎌낼 거야.'

그동안 진무원을 따라다니면서 그에게도 단단한 의지라는 것이 생겼다. 소중한 것을 지키기 위해서는 스스로 싸워야 한다는 사실도 깨달았다.

무공의 절대적인 격차는 줄일 수 없었지만 그렇다고 지레 포기를 하는 것만큼 어리석은 일은 없다는 사실을 진무원을 보면서 배웠다.

그는 양문소가 지치고 방심하길 기다렸다.

다행히 그의 중검은 양문소의 권기에도 잘 견뎌주고 있었다. 또한 검면이 넓어 권기의 여파에서 그의 전신을 잘 보호해 주고 있었다.

그런 곽문정의 모습에 양문소의 두 눈에서 불똥이 튀었다.

"이 꼬마 새끼가 감히!"

금방이라도 쓰러질 것 같으면서도 악착같이 버티는 곽문정의 모습은 그의 분노를 더욱 부채질했다. 처음엔 여력을 남겨두고 공력을 끌어 올렸지만, 지금은 곽문정을 단숨에 때려죽이고자 전력을 다했다.

"헉헉!"

곽문정이 거친 숨을 토해냈다.

보법과 중검의 묘를 살려 버티고 있지만 육체적으로는 거의 한계에 달한 것이다. 지금 그를 버티게 하고 있는 것은 초인적인 의지와 반드시 깃발을 꽂아야 한다는 의무감이었다.

곽문정은 양문소의 공격을 막고 또 막았다. 그렇게 악착같이 버티길 일각여.

"푸하!"

갑자기 거세게 공격하던 양문소가 큰 숨을 내쉬면서 동작에 일시지간 파탄이 일어났다. 급격한 내공의 소모 때문이었다.

곽문정은 그 틈을 놓치지 않고 검을 쭉 뻗었다. 순간 곽문정은 몸 안의 기력이 중검을 통해 모조리 빨려 나가는 신기한 경험을 했다.

"흥!"

양문소는 코웃음을 치며 곽문정의 검을 쳐내려고 했다. 철양기공(鐵陽氣功)으로 단련된 그의 양팔은 어지간한 도검의 공격에도 생채기 하나 나지 않을 정도였다. 그는 단숨에 중검을 쳐낸 후 심장을 부숴 버리리라 작정했다.

양문소의 팔뚝과 곽문정의 중검이 허공에서 격돌했다.

서걱!

"어?"

양문소의 얼굴에 불신의 빛이 떠올랐다.

중검과 격돌한 그의 팔뚝이 잘려 나가 피를 뿜어내고 있다. 곽문정의 중검은 그의 팔을 자른 것도 모자라 가슴뼈를 반 이상 파고들어 와 있었다.

"크헉!"

뒤늦게 양문소의 얼굴이 고통으로 일그러졌다.

가슴뼈를 가르고 들어온 곽문정의 검은 그의 폐와 심장까지 모조리 짓이겨 놓았다.

쿵!

양문소의 몸이 통나무처럼 뒤로 넘어갔다.

"허억! 허억!"

그제야 곽문정이 주저앉으며 거친 숨을 토해냈다.

땀과 눈물방울이 섞여 흐르고 있다.

살았다는 안도감과 처음 사람을 죽였다는 죄책감이 그의 조그만 가슴 안에서 회오리치고 있었다.

"흐흑!"

곽문정은 눈물을 흘리며 자리에서 일어났다.

가슴이 먹먹하다고 언제까지 주저앉아 있을 수는 없었다. 커다란 중검을 들고 또다시 깃발을 꽂기 위해 움직여야 했다.

곽문정은 그렇게 검에 목숨을 거는 강호인이 되었다.

어젯밤 일행이 노숙한 장소에 거의 도착할 때쯤 진무원이 갑자기 멈춰 섰다.

"왜 그러십니까, 공자님?"

황철이 의아한 얼굴로 진무원을 바라봤다.

진무원이 굳은 표정으로 바닥을 가리켰다.

"보십시오."

"이건?"

그가 가리킨 바닥엔 수많은 발자국이 찍혀 있었다.

진무원이 한쪽 무릎을 꿇고 발자국을 자세히 살폈다.

"얼추 백 명은 될 것 같군요. 모두 무공을 익힌 고숩니다."

깊이 찍힌 발자국이 하나도 없다는 것은 이곳에 있는 이들의 내공이 결코 가볍지 않다는 것을 의미했다.

"백룡상단을 노리는 걸까요?"

진무원이 고개를 끄덕였다.

이곳은 백룡상단이 노숙한 곳에서 멀지 않은 곳이다. 이런 오지에 이만큼의 인원이 모인다는 것은 결국 백룡상단이나 진무원을 노리고 있다는 것을 의미했다.

문제는 정체불명의 적이 누구냐는 것이었다.

진무원은 수많은 가능성을 떠올렸다. 하지만 결론은 한 가지로 귀결됐다.

"패권회."

한때 숙부라고 부르던 조천우가 움직인 것이 분명했다.

"옥계 참사에 앙심을 품은 것이 분명하겠군요."

진무원의 눈빛이 깊이 침잠됐다.

황철이 초조한 표정으로 말했다.

"이러고 있을 때가 아닙니다. 어서 빨리 일행을 따라잡아야 합니다."

조천우는 결코 원한을 잊는 이가 아니었다. 조그만 원한이라 할지라도 몇 배로 불려 돌려주는 사람이었다.

진무원이 고개를 끄덕이며 자리에서 일어났다.

지금 상황에서 그가 믿을 수 있는 이는 단 한 명밖에 없었다.

'삼뇌서생 하진월.'

*　　*　　*

"커헉!"

선혈을 흩뿌리며 용무성의 몸이 튕겨져 나갔다. 그런 그의 가슴 섶은 입에서 흘린 선혈로 붉게 물들어 있었다.

몸은 푸들푸들 떨리고 다리엔 힘이 들어가지 않았다. 용린도를 타고 누구의 것인지 모를 선혈이 흘러내리고 있었다. 용린도를 꼬나 쥔 용무성의 눈은 신체에 가해진 막대한 압력으로 붉게 충혈되어 있었다.

조천우가 펼치는 권에는 엄청난 패력이 담겨 있었다.

이미 그는 완성된 무인, 굳이 절초를 펼치지 않아도 상관없었다. 사소한 동작 하나까지도 훌륭한 초식이나 다름없었다.

그가 내지르는 일권에 용린마형도의 절초가 분쇄되었고, 그의 주먹에서 흘러나오는 미증유의 거력에 용무성은 전신이 짓이겨지는 듯한 압력을 받았다.

그가 어떤 절초를 펼치더라도 조천우는 어렵지 않게 해소하며 공격을 해왔다. 조천우의 공격에 용무성의 몸은 만신창이가 되었다.

"크윽!"

용무성이 소매로 입가에 흘러내리는 선혈을 닦아냈다.

'역시 천하를 노리는 패웅이란 말인가?'

상대는 흔히 절대고수라고 불리는 자다. 그런 자를 상대로 지금까지 버틴 것만으로도 용무성도 대단하다 할 수 있었다. 하지만 버티는 것만으로는 의미가 없었다.

'아직도 멀었는가?'

그가 곁눈질로 철기당의 무인들이 있는 곳을 바라봤다.

철기당의 무인들과 보표들은 둥글게 뭉쳐 원진을 이루고 있었고, 그 외곽을 패권회의 무인들이 완전히 둘러싼 채 공격하고 있었다. 그야말로 궁지에 몰린 모습이었다.

그 순간 조천우의 차가운 목소리가 귓전을 울렸다.

"호! 나를 앞에 두고 다른 곳을 볼 여유가 있다니 대단하군."

조천우의 비아냥거림에 용무성이 피가 나도록 입술을 깨물며 몸을 일으켰다.

"그 정도로는 파리 한 마리도 못 죽이겠소. 늙으니 기력도 떨어진 모양이오. 그게 최선이오?"

"흥! 도발이라……. 어쭙잖군."

그러나 말과 달리 조천우의 눈에는 살기가 번들거렸다. 용무성은 자신의 도발이 성공했음을 깨달았다. 조천우의 몸 주위에서 심상치 않은 기류가 흐르기 시작했기 때문이다.

츠츠츠!

조천우의 몸에서 흘러나온 묵빛의 기류는 마치 소용돌이처럼 그의 주위를 휘돌았다. 그의 기류에 휘말린 돌멩이와 나뭇잎이 순식간에 가루가 되어 흔적도 없이 사라졌다.

패천신권(覇天神拳).

북천문의 역사상 가장 강한 권공으로 평가받는 무공이다. 원래는 오직 문주만이 익힐 수 있는 무공이었지만, 십여 년 전 진관호의 죽음과 함께 북천문이 몰락할 때 조천우가 몰래 들고 나왔다.

조천우는 늘 진관호의 강함을 동경했다. 그는 패천신권을 익히면 자신 역시 그렇게 강해질 거라고 생각했다.

지난 십 년 동안 그는 오직 패천신권 하나만을 파고들었고, 결국 원하는 성취를 얻었다. 그는 지금 자신의 수준이라면 석년의 진관호와도 자웅을 겨룰 수 있을 거라고 자신했다.

'제기랄! 역린을 건드렸나 보군.'

용무성의 얼굴이 보기 싫게 일그러졌다.

아무래도 도발이 과한 것 같았다. 용무성은 극도의 위기감을 느꼈다.

용무성은 자신의 남은 공력을 모조리 용린도에 집어넣었다. 그러자 용린도가 거친 용음(龍音)을 토해냈다.

"제길! 한 번 죽지 두 번 죽냐? 어디 끝까지 가보자."

그의 용린도에 선명한 도강이 맺혔다.

*   *   *

푹!

곽문정이 마지막 깃발을 꽂았다.

"하아, 하아!"

그제야 곽문정의 입술을 비집고 가쁜 숨소리가 흘러나왔다. 다리가 후들거리고 심장이 거세게 뛰어 서 있는 것조차 힘이 들었지만 한가히 쉴 여유가 없었다.

지금 이 순간에도 백룡상단의 보표들은 목숨을 건 사투를 벌이고 있었다. 그가 지체하는 만큼 더 많은 사람이 죽어나갈 터였다.

그가 원진의 중앙에 있는 하진월을 향해 크게 손을 흔들었다. 그러자 하진월의 입가에 미소가 어렸다.

툭!

그가 근처에 있던 돌멩이 하나를 원진의 중앙에 집어 던졌다. 그러자 원진 주위로 반투명한 기류가 휘돌기 시작했다.

"뭐, 뭐냐?"

"크윽! 진법이다!"

패권회의 무인들 얼굴에 당혹스러운 빛이 떠올랐다.

갑자기 눈앞에 뿌예지더니 순식간에 암흑의 세상이 찾아왔다. 바로 곁에 있던 동료들의 얼굴도 구별할 수 없을 만큼의 암흑이 그들을 눈뜬장님으로 만들어 버렸다.

"환령암흑진(幻靈暗黑陣). 사도의 진법이긴 하지만 그 방호력만큼은 천하의 그 어떤 진법에도 결코 뒤지지 않지."

하진월이 당황한 패권회의 무인들을 보며 중얼거렸다.

환령암흑진의 가장 큰 특징 중 하나가 적의 시야를 빼앗아 운신의 폭을 좁히는 것이었다. 조천우 정도의 절대고수에겐 크게 문제될 것이 없겠지만, 일반적인 고수들은 그 정도만으로도 큰 불편함을 느껴 움직임이 위축될 수밖에 없었다.

"거기에 이것까지 더하면……."

하진월이 당기문에게 받은 자기병을 꺼냈다.

철기당의 무인들이 그런 하진월을 숨죽인 채 지켜보았다. 전멸할 수밖에 없던 상황을 반전시킨 것도 모자라 이젠 정체불명의 진법으로 그들을 보호하고 있는 하진월의 모습이 그들에겐 인간처럼 보이지 않았다.

그중에서 종리무환의 놀라움은 이루 말로 표현할 수 없을 정도였다.

그도 환령암흑진에 대해 알고 있었다. 하지만 그가 아는 환령암흑진은 결코 이렇게 쉽게 펼칠 수 있는 진법이 아니었다.

완벽한 지형지물과 시간, 수많은 기물과 인력이 필요한 고난이도의 공부였다. 저렇게 깃발 몇 개로 쉽게 펼칠 수 있는 진법이 아닌 것이다. 종리무환도 환령암흑진을 펼치려면 최소 사흘 이상의 시간이 필요할 정도이다.

'저 남자의 능력은 도대체…….'

종리무환은 전신에 소름이 올라오는 것을 느꼈다.

진무원과는 다른 종류의 충격이었다. 충격의 강도는 하진월이 훨씬 엄청났다. 진무원은 무공을 익힌 무인이고 자신과 다른 부류라고 생각하면 그만이었다. 자신은 무공보다는 지략에 더 자신 있는 책사였으니까.

그러나 하진월은 다르다. 자신처럼 무공보다는 지략을 주로 사용하는 책사였다. 그가 하진월에게 느끼는 한계의 벽은 진무원보다 거대하면서 더욱 절망적이었다.

하진월은 미소를 지으면서 자기병의 산공독을 환령암흑진의 외곽을 향해 흘려보냈다. 바람을 타고 퍼져 나간 산공독이 환령암흑진의 기류를 타고 휘돌기 시작했다.

"크윽!"

"고, 공력이 모이지 않는다."

환령암흑진 근처에 있던 패권회의 무인들이 경호성과 함께 급히 뒤로 물러났다. 하지만 반응이 늦은 몇몇 무인은 산공독에 중독되어 제자리에 털썩 주저앉고 말았다.

하진월이 수레 위에 가부좌를 틀고 앉았다.

"내가 할 수 있는 것은 다 했다. 이젠 그가 돌아오길 기다리는 일만 남았을 뿐."

시간이 흐르면 환령암흑진을 휘돌던 산공독도 바람에 흩어져 사라질 것이다. 하지만 그 전까진 적들에게 충분한 위협이 될 것이다.

실제로 패권회의 무인들은 산공독이 무서워서 환령암흑진에 접근하지 못하고 있었다. 그 틈을 노려 곽문정이 환령암흑진을 향해 뛰어들었다.

하진월은 생문을 열어 그런 곽문정을 맞아들였다.

"하아, 하아!"

곽문정이 가쁜 숨을 몰아쉬었다. 환령암흑진으로 뛰어드는 그 짧은 순간 그 역시 산공독에 중독되어 공력이 흩어지고 있었다.

당기문이 그런 곽문정의 머리를 쓰다듬었다.

"수고했다. 너 때문에 많은 사람이 살았구나."

"공력이 모이지 않아요."

"산공독에 중독되어 그렇다. 두 시진만 지나면 자연히 없어질 테니 너무 걱정하지 말거라."

"네!"

곽문정이 고개를 끄덕이며 그대로 바닥에 몸을 누였다. 몸이 천근만근이다. 극도의 긴장과 부상으로 온몸이 비명을 지르고 있었다. 할 수만 있다면 이대로 기절하고 싶을 정도였다. 하지만 그럴 수가 없었다.

곽문정은 용무성과 조천우의 싸움을 두 눈을 부릅뜨고 바라봤다.

쾅! 쾅!

두 사람 사이에서는 뇌성벽력이 연신 터져 나오고 있었다.

용무성의 용린도는 가공할 도강을 쉴 새 없이 흩뿌리고 있었다. 하지만 그런 그의 공격은 조천우가 발산하는 묵빛 권강에 막혀 아침 안개처럼 흔적도 없이 사라지고 있었다.

누가 봐도 용무성이 불리한 싸움이었다.

용무성은 그야말로 한계까지 사력을 다하고 있었다.

"당주."

"이러고 있을 게 아니라 당주를 구해야 해."

그 모습에 환령암흑진 안에 있던 철기당의 무인들이 밖으로 뛰쳐나가려고 했다.

그 순간 하진월이 그들을 막아섰다.

"소용없소."

"비키십시오. 우리를 막아서면 당신이라도 베어버릴 겁니다."

공손창이 분노 어린 시선으로 하진월을 노려봤다. 그는 여차하면 하진월을 베어버릴 기세였다. 하지만 하진월은 안색하나 변하지 않고 말을 이었다.

"당신들이 합류한다고 해서 전황이 변하지는 않소."

"그래도 가야 합니다. 당주를 이대로 홀로 내버려 둘 수는 없습니다."

철기당 무인들의 완강한 태도에 하진월이 종리무환을 바라봤다.

"당신도 그렇게 생각하오?"

종리무환의 눈동자가 흔들렸다.

그의 감성은 용무성을 도와야 한다고 말하고 있었다. 하지만 그의 이성은 나가봐야 개죽음이라고 경고하고 있었다.

진을 열고 나가봐야 곽문정의 모습에서 보듯 산공독에 중독되고 말 것이다. 그러면 도움을 주는 것은 고사하고 적들의 먹잇감이 될 뿐이다.

"우리는…… 나가지 않습니다."

"부당주?"

"무환!"

공손창과 임진엽 등이 목소리를 높였다.

그 모습에 종리무환은 눈을 질끈 감고 말았다.

"하 대협 말대로입니다. 지금 진을 열고 나가봐야 개죽음만 당할 뿐입니다."

"크윽!"

종리무환의 결정에 철기당 무인들이 분루를 흘렸다. 그들도 종리무환이 그런 결정을 내릴 수밖에 없다는 것을 알고 있었다. 하지만 머리로는 이해해도 가슴으로는 받아들이기가 힘들었다.

채약란이 종리무환의 어깨를 잡았다.

"무환."

"누님."

"당주는 괜찮을 거야. 나는 그렇게 믿어."

말은 그렇게 했지만 어깨를 잡은 손에 힘이 들어갔다. 지금 이 순간 용무성을 가장 걱정하는 이가 있다면 바로 부당주인 채약란일 것이다.

하진월이 그런 두 사람의 모습을 바라보며 생각했다.

'결속력이 굉장히 강하군. 용무성이라는 남자, 생각보다 조직을 잘 정비했어.'

이런 유대감은 단순히 오래 생활한다고 만들어질 수 있는 것이 아니었다. 수장의 강력한 존재감과 세심한 배려, 그리고 그를 따르는 수하들의 믿음이 조화를 이뤄야만 만들어질 수 있었다.

그중에서 가장 큰 부분을 차지하는 것이 바로 수장의 역량
이다. 그런 면에서 보자면 용무성은 꽤나 훌륭한 수장이었다.
최소한 자신의 수하들에게는 절대적인 믿음과 지지를 받고
있으니까.

심장이 터질 것 같고 전신이 해체될 것처럼 힘이 없었다.
이젠 용린도를 들 기력마저 없었다. 단전은 텅텅 비어 내공
한 줌 끌어 올릴 수가 없었다.

왼쪽 쇄골이 부러져 어깨가 힘없이 덜렁거리고 있고, 갈빗
대가 족히 서너 대는 나갔는지 숨 쉬기조차 힘이 들었다. 피
를 얼마나 흘렸는지 머릿속이 어지러워 제대로 된 생각을 할
수가 없었다.

그래도 용무성은 용린도를 놓지 않았다. 자신이 조천우의
발목을 붙잡아놓는 시간이 길어지는 만큼 철기당의 생존 확
률이 높아진다는 것을 알고 있었다.

'씨발! 이젠 진짜 눕고 싶네. 아직도 안 오는 거냐, 아니면
못 오는 거냐?'

아득해지려는 정신을 간신히 붙잡으면서 용무성은 진무원
을 떠올렸다. 그런 용무성을 향해 조천우가 다가왔다.

"너는 나를 감탄하게 만든 몇 안 되는 사람 중 한 명이다.

아깝구나. 나의 편에 섰다면 세상의 모든 부귀영화를 함께 누릴 수 있었을 텐데."

"퉤!"

용무성은 대답 대신 조천우를 향해 가래침을 뱉었다. 하지만 그의 침은 조천우 앞에서 무형의 막에 막혀 바닥에 떨어지고 말았다.

"그 투지는 높이 사지만 실력이 뒷받침되지 않는 투지는 만용에 불과하지."

조천우는 주먹을 높이 치켜들었다.

이번 일격으로 모든 것을 끝내려는 것이다.

용무성이 눈을 감았다.

'제길! 결국 내 길은 여기까지인가?

따앙!

그 순간 청명한 쇳소리가 용무성의 귀에 울려 퍼졌다. 용무성이 슬며시 눈을 떴다. 그러자 조천우가 근처의 산봉우리를 바라보는 것이 보였다.

"나를 부르는 것인가? 이 조천우를…… 건방진!"

용무성에게는 미약하게 들렸지만 조천우에겐 바로 귀 옆에서 쇠종을 울리는 듯 크게 들렸다. 그 때문에 순간적으로 조천우는 심령이 흔들리고 말았다.

조천우는 감히 자신을 겨냥해 음파를 집중한 미지의 존재에게 큰 분노를 느끼고 몸을 날렸다.

조천우가 사라지자 용무성의 몸이 더 이상 견디질 못하고 무너져 내렸다.

그 순간 누군가 용무성의 몸을 안아 들었다.

"괜찮으십니까?"

근심스러운 표정으로 용무성을 바라보는 자는 황철이었다.

*　　*　　*

강이 내려다보이는 조그만 산 정상에 두 남자가 서 있다.

마치 화강암으로 된 바위를 연상시키는 거대한 덩치의 조천우가 무서운 광망을 토해내며 눈앞에 있는 평범한 체구의 남자를 노려보았다.

그는 누더기를 연상시키는 적갈색의 무복을 입고 허리에는 검 한 자루를 차고 있었다. 뛰어난 미남은 아니지만 누구에게나 호감을 줄 만큼 선이 굵고 남자답게 생겼다.

조천우는 그런 남자의 얼굴에서 과거의 편린을 떠올렸다.

"진…… 관호."

조천우가 가장 두려워하면서 존경했던 사내. 눈앞의 남자에게서 그를 떠올렸다.

단순히 그와 비슷한 외모를 가졌기 때문이 아니었다. 주위를 자신과 같은 색으로 물들이는 기이한 존재감과 흔들림 없는 단호한 눈빛은 진관호를 판박이처럼 닮아 있었다.

그는 진무원이었다.

그가 검명으로 조천우를 부른 것이다. 금단엽의 천리영음에서 영감을 얻은 수법이다.

한참 동안 진무원을 바라보던 조천우가 마침내 입을 열었다.

"너는…… 무원이구나."

"오랜만입니다, 숙부."

진무원은 부인하지 않았다. 그런 진무원의 태도에 조천우가 잠시 눈을 지그시 감았다.

아무리 철석간담을 지닌 조천우라지만 십 년의 시공을 격하고 눈앞에 나타난 과거의 편린 앞에서는 마음이 흔들리지 않을 수 없었다. 진무원은 그런 조천우를 흔들리지 않는 눈동자로 바라보았다.

무려 십 년 만의 조우이다.

서로를 바라보는 두 사람의 눈빛은 복잡할 수밖에 없었다.

"죽지 않았더냐?"

"죽기를 바란 거겠죠."

"……."

조천우는 답하지 않았다. 아니, 답할 수가 없었다. 진무원의 담담한 한마디가 비수가 되어 그의 심장을 찌르고 있었다.

미련이나 후회 따윈 하나도 남기지 않았다고 생각했는데 그의 가슴 밑바닥엔 자신도 모르는 감정의 찌꺼기가 가라앉아 있었던 같았다. 그 찌꺼기가 다시 수면 위로 부상해 조천우의 심기를 건드렸다.

조천우가 미간을 찌푸렸다.

"왜 다시 세상으로 나온 것이냐? 살았으면 이제까지처럼 그렇게 없는 듯 살아갈 것이지 왜 다시 나와 죽음을 자초하는 것이냐? 이 세상에 존재하는 그 누구도 너의 존재를 반기지 않는다."

자신도 모르게 목소리가 높아지고 날이 섰다.

진무원이라는 존재가 그의 평정심을 뒤흔들었다.

지난 십 년 동안 느껴보지 못한 낯선 감정에 조천우 스스로도 놀라고 있었다.

반대로 조천우를 바라보는 진무원의 눈빛에는 안타까움이 가득했다.

"북천문을 배신하고 얻은 것이 겨우 운남의 조그만 땅덩이에 불과했습니까? 저는 숙부가 최소한 이보다는 더 큰 존재가 되어 있을 줄 알았습니다. 도대체 이제까지 무얼 위해 살아온 겁니까?"

"닥쳐랏! 네가 뭘 안다고 주절거리는 것이냐?"

"숙부!"

"네 아비는 중원을 팔아먹은 죄인이었다! 죄인의 아들인 너 역시 죄인이다! 그런 네가 무슨 자격으로 이곳에 선 것이냐?"

"정말 그렇게 생각하시는 겁니까?"

"그렇다. 나는 한 점 부끄러울 것이 없는 사람이다!"

조천우가 자신의 가슴을 쾅쾅 치며 소리쳤다.

"한때 숙부를 존경한 적이 있었습니다. 어린 제 눈에 비친 숙부는 누구보다 강하면서 강직한 사람이었으니까요. 하지만 그건 제 착각에 불과했군요. 숙부는 부끄러움이 없는 게 아니라 부끄러움을 느끼지 못하는 겁니다."

"놈!"

"숙부의 야망을 위해 옥계에서 무고한 백성들이 피를 흘렸습니다."

"고래로부터 대를 위한 소의 희생은 언제나 있어 왔다. 그것이 강호의 역사이며 변하지 않는 세상의 법칙 중 하나이다."

"그래서 그만큼의 가치가 있었습니까? 지금 숙부의 모습을 보십시오."

진무원의 외침에 조천우의 얼굴이 보기 싫게 일그러졌다.

진무원이란 존재는 그의 역린이었다. 그가 존재함으로써 자신이 부정당하는 그 참담한 기분은 당하지 않은 사람은 절대 알 수가 없었다.

"네가 뭘 안다고…… 너 따위가 뭘 안다고 그리는 것이냐? 힘이 있는 자가 야망을 품는 것이 뭐가 나쁘다는 것이냐? 어차피 세상은 강자를 중심으로 돌아갈 수밖에 없다. 진…… 관호, 네 아비는 겁쟁이였다. 그는 강대한 힘과 세력을 가지고 있었지만 바보같이 북방의 오지에 있는 것을 택했다. 북천사주가 등을 돌리지 않았어도 그는 세월의 흐름에 도태되고 말았을 것이다."

그의 사자후에 산천초목이 웅웅 떨었다. 하지만 진무원에겐 밑바닥에 떨어진 자의 어설픈 변명으로 들릴 뿐이었다.

"숙부!"

그가 서글픈 눈으로 조천우를 바라봤다.

한때 그가 존경하던 숙부는 더 이상 존재하지 않았다. 그의 눈앞에 있는 남자는 야망이란 괴물에 이성마저 잡아먹힌 불쌍한 영혼에 불과했다.

조천우가 이를 뿌득 갈았다.

"그래도 말이다, 그래도 후회는 하지 않는다. 네가 어떤 말을 하든 간에 나는 나의 길을 갈 것이다. 너를 쓰러뜨리고 증명할 것이다. 나의 길이 결코 잘못된 것이 아니란 것을."

조천우가 공력을 끌어 올리자 주위의 대기가 흔들리기 시작했다. 그의 몸에서 흘러나오는 묵빛 기류를 본 진무원의 눈빛이 어두워졌다.

"패천신권."

"그래, 나는 패천신권을 익힘으로써 하늘도 두려워하지 않을 강함을 손에 넣었다. 그리고 이제 이 절학으로 북천문의 마지막 후인인 너의 숨을 끊어놓을 것이다. 그로써 북천문의 망령은 완전히 사라질 것이고, 세상은 더 이상 북천문을 기억하지 않게 될 것이다."

조천우의 말에 진무원이 눈을 감았다.

수많은 기억이 주마등처럼 진무원의 뇌리를 스치고 지나갔다. 그중에는 조천우와 좋았던 기억도 다수 있었다.

이제야 실감이 났다. 두 번 다시 그때로 돌아갈 수 없다는 사실을. 그러기에는 서로가 너무나 다른 길로 멀리 왔다는 사실을.

진무원이 눈을 떴다. 그의 눈엔 서글픈 빛이 가득했다.

"숙부, 북천문의 유산, 제가 거둬가겠습니다."

"흥! 마음대로 될 것 같으냐? 북천문에 남겨진 절기도 없었을 텐데 무엇으로 나를 상대하겠다는 것이냐?"

진무원은 대답하지 않았다. 어차피 말로 해결할 수 있는 일이 아니었다.

허리 뒤에 있는 설화를 잡았다. 그러자 설화가 칭얼대듯 검명을 흘리기 시작했다.

조천우의 존재감만이 가득하던 산 정상에 진무원의 기세가 먹물처럼 번져가기 시작했다. 조천우처럼 강렬히진 않았지만 그의 기세는 오롯한 존재감을 발산하고 있었다.

철판을 손톱으로 긁는 듯한 기분 나쁜 느낌에 조천우는 섬뜩함마저 느꼈다.

'놈, 보통이 아니구나.'

조천우의 눈에 살기가 감돌았다.

"어디 어떤 절학을 익혔는지 보자. 차핫!"

먼저 움직인 이는 조천우였다.

마치 거대한 바위 같은 그의 동체가 무서운 속도로 진무원을 향해 날아왔다.

패왕고(覇王鼓).

몸통을 이용해 적에게 강렬한 타격을 주는 패천신권의 공격 초식이었다. 자신의 몸을 이용해 적을 이용하는 모습이 마치 거대한 북을 치는 것 같이 강렬해 그런 이름이 붙었다.

쾅!

진무원은 한 걸음을 옆으로 옮기면서 아슬아슬하게 그의 공격을 흘려보냈다.

푸시시!

손마디 하나 차이로 피했는데도 불구하고 그의 옷자락이 가공할 압력에 가루처럼 부서져 나가고, 조천우의 몸통이 직격한 바닥에는 거대한 구덩이가 파였다.

스릉!

진무원이 설화를 꺼내 들었다.

"검? 북천문에 쓸 만한 검공이 남았던가?"

조천우의 입매가 비틀려 올라갔다.

그가 권보(拳譜)를 모조리 가져갔다면, 연천화는 검보(劍譜)를 모조리 긁어갔다. 그것이 북천사주 간의 약속이었고, 그 결과 북천문에는 쓸 만한 무공 비급 따윈 남아 있지 않게 됐다.

진무원이 설화를 들어 조천우의 미간을 겨눴다. 그러자 조천우는 마치 자신의 미간이 관통당하는 섬뜩한 기분을 느꼈다.

어떤 기운의 유동도 느껴지지 않는다. 그런데도 한 발짝만 움직여도 검에 꿰일 것 같은 기분이다. 그제야 흥분됐던 가슴이 차갑게 식었다.

진무원이 검을 들고 있는 자세만 보아도 그가 어떤 고련을 한 것인지 알 것 같았다.

'북천문, 한때 내 청춘의 모든 것이었던 곳. 정말 끈질기구나. 완전히 짓밟았다고 생각했는데 또다시 이런 거목을 내놓

다니. 놈을 쓰러뜨리지 않고서는 패권회의 미래는 없겠구나.'

경시하던 마음을 버렸다.

그가 기수식을 취했다.

무영광살(無影狂殺)의 초식.

단전의 내공을 모공으로 발산해 묵빛 회오리 기류를 만들어냄으로써 전사력(轉絲力)을 능가하는 위력을 만들어낸다.

조천우가 대지를 박차며 진무원을 향해 달려들었다.

콰우우!

그의 몸을 감싼 회오리 기류에서 일어난 바람이 먼저 진무원을 덮쳐왔다.

진무원은 전신을 덮쳐오는 막강한 압력을 피하지 않았다. 그의 옷자락이 미친 듯이 바람에 흩날렸다. 그런데도 진무원은 설화를 겨누고 있을 뿐 어떤 움직임도 없었다.

그가 움직인 것은 조천우의 공격이 지척에 다다를 때였다.

쉬아악!

설화가 소름 끼치는 소리와 함께 허공을 갈랐다.

그토록 패도적이던 회오리 기류가 설화에 의해 갈라지며 허공에 흩날렸다.

"헙!"

조천우가 기함하며 급히 허리를 뒤로 젖혔다. 간발의 차이로 설화가 그의 가슴과 코끝을 스치고 지나갔다.

조천우는 용수철처럼 허리를 튕기며 뒤로 물러났다. 하지만 진무원은 그가 순순히 물러나도록 놔두지 않았다.

팟!

그가 대지를 박차며 조천우를 따라붙었다.

설화가 조천우의 숨통을 노려왔다. 조천우는 호신강기를 발산하며 진무원의 공세에서 자신의 몸을 보호했다.

티잉!

호신강기에 부딪친 설화가 맥없이 허공으로 튕겨나가는 듯했다. 하지만 수면을 선회하는 제비처럼 궤적을 바꾼 설화는 이내 더욱 날카로운 각도로 조천우를 향해 날아왔다.

"큭!"

조천우가 보법을 펼쳐 뒤로 몸을 물렀다. 일단 숨을 고른 후 역공을 취하려는 것이다. 그러나 진무원은 조천우가 움직일 곳을 미리 선점해 자리를 잡고 설화를 휘둘렀다.

피하는 것이 능사가 아닌 것을 깨달은 조천우는 양팔에 공력을 집중시켰다. 그러자 유형의 권강이 만들어졌다.

조천우는 권강으로 진무원의 공세에 맞섰다.

펑펑!

쇠붙이인 검과 맨살인 주먹이 격돌했는데 폭음이 터져 나왔다.

거센 충격파에 진무원과 조천우의 머리카락이 미친 듯이 흩날렸다. 두 사람의 몸이 흔들리고 충격이 내장을 찌르르 울렸다. 그래도 두 사람은 결코 물러서지 않았다.

두 사람의 격돌에 산 정상은 마치 지진이라도 난 것처럼 초토화가 되었다. 바위는 부서지고 아름드리나무는 산산조각이 나서 사방으로 비산했다.

바위와 나무의 파편이 날카로운 비수가 되어 피부 위를 스쳐 지나갔다. 피부 위로 날카로운 자상이 생겨났고, 옷은 선혈로 붉게 물들었다.

패천신권의 절학을 연이어 펼치고도 진무원을 제압하지 못하자 조천우의 표정이 딱딱하게 굳었다. 오히려 진무원의 기괴한 검공에 죽을 뻔한 위기를 넘긴 것만 수차례.

진무원이 펼치는 멸천마영검은 조천우가 알고 있는 상리를 철저히 벗어나 있었다.

'북천문에 이런 검공이 존재했던가? 연천화는 알맹이를 남겨두고 껍데기만 가져간 셈이구나. 흐흐!'

그는 북천문의 검공을 모조리 가져간 연천화를 비웃었다. 한가하게 그럴 때가 아닌데 이상하게 웃음이 나는 것이다.

그러나 그의 생각은 오래 이어지지 않았다. 진무원의 검이 그의 옆구리에 깊은 자상을 남긴 채 스쳐 지나갔기 때문이다. 설화가 어찌나 날카로운지 피가 철철 쏟아졌다.

조천우는 급히 혈도를 눌러 지혈하며 공력을 최대한 끌어올렸다.

'놈의 검이 다른 조화를 부리기 전에 서둘러 승부를 내야 한다.'

극도의 위기감이 그의 뇌를 잠식하면서 생존 본능이 발동됐다. 더 이상 시간을 끌었다가는 불리해지는 것은 진무원이 아닌 자신이었다.

조천우는 패천신권의 마지막 초식을 진무원에게 풀어내기 시작했다.

천파강우(天破罡雨).

하늘을 파괴하는 강기의 폭우.

그 파천황의 초식이 그의 주먹을 통해 구현됐다.

쿠콰콰!

엄청난 권강이 동시다발로 진무원을 향해 날아왔다.

마치 비처럼 쏟아지는 권강의 줄기에 피할 곳은 존재하지 않았다.

진무원이 멸천마영검 두 번째 초식인 북천벽(北天壁)을 펼쳐냈다. 그러자 거대한 검벽이 진무원의 앞에 나타났다.

천파강우의 초식이 검벽을 두드리기 무섭게 진무원이 다

음 초식을 풀어냈다.

단천해(斷天海).

쉬가아악!

그 소름 끼치는 파공음이 허공을 갈랐다.

8장

지옥을 거닐어 보지 않은 자,
지옥을 논하지 말라

'모조리 베어버린다.'

일념(一念).

오직 한 가지만을 바라는 간절한 마음이 그림자 내공을 움직였다. 단전의 이면에 숨어 있던 그림자 내공은 무섭게 진무원의 전신 혈맥을 내달리다가 설화에 집약됐다.

지잉!

설화가 울었다.

순간 세상이 새하얗게 변하면서 조천우의 망막을 순백색으로 물들였다.

"아!"

조천우가 눈을 크게 치떴다. 그의 망막에 어려 있던 순백의 색이 사라지고 시퍼렇게 날이 선 검은색 검신이 맺혔다.

그리고 세상이 둘로 갈라졌다.

푸화학!

일장춘몽처럼 모든 것이 사라졌다.

세상을 파괴할 것처럼 쏟아붓던 강기의 비도, 산봉우리를 뒤덮고 있던 가공할 존재감도.

그 속에 서 있는 것은 오직 진무원과 조천우뿐.

진무원이 비틀거리고 있었다.

상의는 흔적도 없이 사라지고 상처투성이의 상체가 드러나 있다. 그중에서도 가장 끔찍한 것은 왼쪽 옆구리에 새겨진 나선형의 상흔이었다. 마치 소용돌이치는 듯한 상흔을 따라 피부가 시커멓게 죽어 있고, 부러진 갈비뼈가 툭 불거져 나와 있다.

진무원은 설화를 지지대 삼아 버티고 섰지만, 조천우는 그러지 못했다.

"크윽!"

조천우는 무릎을 꿇은 채 피를 토하고 있었다. 그런 그의 가슴에는 보기에도 끔찍한 검상이 입을 벌리고 있었다. 시뻘겋게 드러난 속살 사이로 갈라진 가슴뼈가 보인다.

엄청난 양의 선혈을 흘리면서 조천우가 진무원을 올려다
봤다.

　"이…… 게 무슨 검공이냐?"

　"멸천마영검."

　"허허! 광오하구나. 그런데 잘 어…… 울려."

　"숙부."

　"그런 눈으로 나를 보지 마라. 난 절대 후회하지 않으니까.
크윽!"

　조천우가 푸들거리는 몸을 억지로 일으켰다. 그 때문에 피
가 더욱 많이 쏟아져 내렸지만 그는 개의치 않았다.

　진무원에게 무릎 꿇은 모습을 보여주기 싫었다. 승부에서
는 졌을지 몰라도 그의 자존심은 아직 꺾이지 않았다.

　진무원의 낯빛이 더욱 어두워졌다.

　"숙부, 왜 십자혈마공을 펼치지 않았습니까?"

　진무원은 조천우가 이곳에 오기 전에 들른 소수 부족을 전
멸시키고 십자혈마공을 익혔다고 생각했다.

　"흐흐! 나한텐 패천신권 하나면 충분하다. 그것이 나의
자…… 존심. 십자혈마공은……."

　그는 끝내 말을 잇지 못했다. 거인의 죽음이었다.

　"숙부!"

　조천우는 꼿꼿이 선 채 숨이 끊어졌다. 죽어서도 바위같이

흔들리지 않는 모습으로 그렇게 진무원을 응시하고 있었다.

진무원은 그런 조천우의 모습을 한참 동안이나 바라봤다.

갑자기 설화가 무겁게 느껴졌다.

설화에 묻은 피가, 설화로 벤 생명의 무게가 산악처럼 그의 어깨를 짓누르고 있었다.

지옥을 경험해 보지 않은 자, 지옥을 논하지 말라 했다.

지금 그의 마음은 지옥 속에 갇혀 있었다.

"휴!"

진무원의 한숨이 허공으로 흩어졌다.

"하…… 하! 저 녀석, 인간 맞아?"

청인이 허탈한 웃음을 흘렸다.

그의 시선이 향한 곳에 진무원이 있었다.

그는 진무원과 조천우의 싸움을 처음부터 끝까지 지켜본 유일한 인물이었다. 운중천에서 파견한 감시자들을 제거하다가 우연찮게 그들의 싸움을 목도하게 된 것이다.

조천우의 무력은 익히 알고 있었다. 흑월의 요주의 인물 명단에서 항상 최상위에 자리하는 절대고수가 바로 조천우였으니까.

마주쳐서도 안 되고, 상대하는 것은 더더욱 불가능한 불가항력의 존재. 그래서 흑월에서도 그의 동향만 예의 주시할 뿐

따로 비월을 붙이지 않을 정도였다.

철옹성처럼 언제까지나 굳건할 것 같던 전설의 일각이 그의 앞에서 무너져 내리고 있었다.

그는 자신이 옛 전설의 몰락과 새로운 전설의 시작을 목격한 유일한 사람이란 사실에 묘한 흥분을 느꼈다.

'이제 어떡해야 하나?'

강호의 일각을 지탱하던 전설이 무너졌다. 이 사실이 알려지면 천하는 또다시 요동칠 것이다.

'이제 나 혼자 그를 어떻게 해볼 수준이 넘어섰다. 조력자를 불러들여야 해.'

흑월 역사상 일개인 때문에 이렇게 골치가 아픈 적은 단 한 번도 없었다.

진무원을 바라보는 청인의 마음은 복잡하기 그지없었다.

*   *   *

패권회의 무인들이 용무성을 향해 다가왔다. 진 안에 있는 이들을 어찌할 수 없으니 용무성에게라도 화를 풀려는 것이다. 하지만 그들을 막아서는 이가 있었다. 바로 황철이었다.

황철이 앞을 가로막자 패권회 무인들의 얼굴에 살기가 떠올랐다. 경지에 이른 무인들이 발산하는 살기를 보통 사람이 감당하는 것은 불가능했다. 그러나 삼원심법을 완성한 황철에게 그 정도의 살기는 문제가 되지 않았다.

문제는 황철의 마음이었다.

그의 앞에 서 있는 패권회의 무인들은 대부분이 모르는 자였다. 조천우가 운남성에 자리를 잡은 후 키워낸 무인들이었기 때문이다. 하지만 몇몇 이의 얼굴은 낯이 익었다.

그들은 바로 북천문에 있던 무인들이다. 그들이 한창 위명을 떨칠 때 황철은 삼류무사에 불과했다. 그래서 그들은 황철을 알아보지 못했지만 황철은 달랐다.

"서창회 대협, 오금호 대협, 손무형 대협, 모두 오랜만에 뵙습니다."

황철이 언급한 세 남자가 앞으로 나섰다. 그들은 모두 오십대 초중반으로 패권회 무인들의 절대적인 지지를 받는 인물들이다.

"우리를 아는가?"

"대협들은 기억하지 못하겠지만, 저는 오래전 북천문에서 함께 생활했습니다."

"아!"

세 사람이 자신도 모르게 탄성을 내뱉었다.

십 년이란 세월 동안 패권회는 북천문의 흔적을 벗어던졌다. 조천우는 북천문과 확연히 다른 노선을 걸었고, 대부분의 사람은 그런 조천우의 결정을 군말없이 따랐다.

그렇게 북천문의 기억은 희석이 되었고, 이젠 패권회의 몇 몇 무인만이 공유하는 추억이 되고 말았다. 그리고 눈앞의 세 사람은 북천문을 그리워하는 몇 안 되는 사람이었다.

서창회가 황철을 유심히 살폈다.

"자네는 황철이군. 문주님이 무척이나 아끼던 기억이 나는 군."

"기억해 주셔서 감사합니다, 서 대협."

"허허! 설마 자네를 여기서 보게 될 줄이야."

상황이 상황인지라 대놓고 드러낼 수는 없었지만, 그의 얼굴엔 반가운 빛이 은은하게 떠올라 있었다.

"그런데 자네가 여긴 어쩐 일인가? 나는 자네가 될 수 있으면 이 일에 개입하지 않았으면 좋겠군. 그래도 같은 뿌리에서 나온 자네를 내 손으로 상해를 입히고 싶지 않네."

"저도 마찬가집니다, 서 대협."

그들은 북천문에서 뜨겁던 청춘을 불태운 공통된 기억이 있다. 비록 그때는 서로를 잘 몰랐지만, 이렇게 시간이 흐른 후에 다시 만나니 이상하게 유대감이 형성되는 것 같았다.

"이대로 물러나 주시면 안 되겠습니까?"

"그럴 수는 없네. 우리는 주군의 명령을 따라야 하네."

북천문을 떠날 때부터 그들의 주군은 조천우였다. 조천우의 명령이 모든 것에 우선했다.

황철이 안타까운 표정으로 세 사람을 바라봤다.

"이것이 얼마나 잘못된 명령이라는 것을 잘 아시지 않습니까?"

"그래도 어쩌겠나? 이것이 우리가 택한 길이거늘."

서창회가 쓸쓸한 미소를 지었다. 나머지 두 사람에게도 비슷한 미소가 떠올라 있다.

십 년 전 야망을 위해 조천우를 택한 후부터 그들에겐 더 이상의 선택권이 존재하지 않았다. 이제 와서 조천우의 결정을 따르지 않는다는 것은 십 년 전 그들의 선택이 잘못된 것이란 사실을 시인하는 꼴밖에 되지 않았다.

"자네가 어쩌다 이 일에 휘말렸는지 모르지만 저들을 내버려 두고 떠나게. 그럼 최소한 목숨은 보전할 수 있을 게야."

"그럴 수 없습니다."

"저들을 위해 자네의 목숨을 걸겠다는 뜻인가?"

황철이 조용히 고개를 저었다.

"제가 목숨을 바치는 분은 따로 있습니다."

"그게 누군가?"

잠시 서창회 등을 바라보던 황철이 입술을 달싹거렸다. 전음을 보내는 것이다.

"그게 정말인가?"

순간 세 사람의 얼굴이 흙빛으로 변했다.

"사실입니다. 이 황철의 목숨을 걸고 장담할 수 있습니다."

"허어!"

황철의 단호한 대답에 세 사람이 절로 탄성을 내뱉었다. 그런 세 사람의 모습에 패권회 무인들이 의아한 표정을 지었다.

'도대체 무슨 이야기이기에······.'

그러나 세 사람이 입을 꾹 다물고 있으니 알 도리가 없다.

세 사람은 그만 눈을 감고 말았다. 그만큼 충격적인 이야기였기 때문이다.

'그가 살아 있단 말인가? 진무원 그가······.'

어떻게 그 이름을 잊을 수 있을까?

이곳에 오면서도 몇 번이나 생각했다. 그가 자신들이 아는 진무원이 아니길. 자신들의 손으로 그의 숨통을 끊는 일이 없기를. 하지만 운명의 신은 너무나 가혹해서 그들 앞에 형벌의 가시밭길을 준비해 두고 있었다.

서창회가 말했다.

"그가 살아 있어 정말 다행일세. 이건 진심일세."

"그럼······."

"그렇다고 물러설 수는 없네. 그러면 이제까지 우리가 행해온 모든 것을 부정하는 꼴이 되니까."

"아!"

배신자라는 낙인이 찍히면서까지 선택한 길이다. 이제 와서 선택을 되돌릴 수는 없었다.

황철의 얼굴에 안타까운 빛이 떠올랐다.

왠지 그들의 결정을 이해할 수 있을 것 같았다. 말 몇 마디, 진무원의 존재로 그들의 결정을 되돌리기엔 서로가 너무 먼 길을 걸어왔다.

서창회가 두 주먹에 공력을 응집시키며 말했다.

"부디 자네의 앞길에 무운이 깃들길 빌겠네."

"자네에겐 면목이 없지만 최선을 다하겠네. 그러니 부디 자네도 최선을 다하게."

"자네를 만나서 반가웠네. 이건 진심일세."

오금호, 손무형 등이 한마디씩 덧붙였다.

황철이 그들을 향해 정중히 포권을 취했다.

"저도 세 분을 뵙게 돼서 영광이었습니다. 이 황철, 북천문의 명예를 걸고 여러분을 상대하겠습니다."

스릉

황철이 검을 꺼내 들었다.

검을 쥔 황철에게서 강렬한 기도가 흘러나왔다. 그 모습에 세 사람은 황철의 성취가 자신들의 생각보다 훨씬 더 대단한 것임을 깨달았다.

"훌륭하군. 진 문주님이 자네를 아낀 이유가 있었군."

서창회는 오히려 마음이 홀가분해지는 것을 느꼈다. 과거
의 인연 따윈 벗어버리고 무인 대 무인으로 싸울 수 있다는
사실에 감사했다.

"그럼 시작하지."

세 사람이 황철을 향해 달려들었다.

패권회의 다른 무인들도 그 뒤를 따라 움직이려 할 때 이제
껏 철옹성처럼 굳건하던 환령암흑진이 걷히면서 철기당 무인
들이 뛰어나왔다.

쉬익!

담진홍이 날린 화살이 허공을 갈랐고, 적각귀의 다리가 보
이지 않을 만큼 빠른 속도로 패권회 무인들 사이를 헤집었다.

공손창과 채약란, 백룡상단의 보표 등이 그 뒤를 따랐다.

갑작스러운 그들의 급습에 패권회 무인들의 견고하던 방
어선이 무너지기 시작했다.

누구도 예상치 못한 역습을 지휘한 이는 하진월이었다.

하진월은 패권회의 핵심 무인들이 흔들리는 것을 알아차
렸고, 그들의 신경이 온통 황철에게 몰린 틈을 결코 놓치지
않았다.

하진월의 진두지휘에 패권회의 무인들이 속절없이 무너지
기 시작했다. 그가 전장을 보며 중얼거렸다.

"오늘 이곳의 습격에 가담한 자, 단 한 명도 살아갈 수 없을 것이다."

"굳이 그럴 필요가 있겠는가? 항복한 자는 살려두는 것이 어떻겠는가?"

당기문이 조심스럽게 자신의 의견을 말했다. 아무래도 정도를 지향하는 그의 성격상 이 많은 사람이 죽는 모습을 보는 것이 불편할 수밖에 없었다.

갑자기 하진월이 반문했다.

"강호에서 가장 지양할 것이 무엇인지 아십니까?"

"……."

"바로 어설픈 강함입니다. 높은 자리에 있는 자들에겐 불편함을 느끼게 하고, 밑에 있는 자들에겐 도전의식을 느끼게 하지요. 결과론적으로 보면 양쪽 모두에게 구미가 당기는 먹잇감에 불과하지요."

하진월의 시선은 먼 곳을 향해 있었다. 당기문은 그가 얼마나 큰 그림을 그리고 있는지 감히 상상할 수조차 없을 것이다.

"아직은 드러낼 때가 아니지만, 그래도 마무리는 확실히 해둬야 합니다. 강호에서 어설픈 인정은 차라리 베풀지 아니함만 못하니까요."

*   *   *

　살아남은 자들은 망연자실한 표정으로 전장을 바라보았다.

　방금 전까지 치열한 전투가 벌어지던 전장은 참혹 그 자체였다. 수많은 이가 죽거나 다쳤고, 바닥에는 누군가의 시신이 쓰레기처럼 굴러다니고 있다.

　패권회의 무인들이나 철기당, 백룡상단의 보표들 모두 악에 받친 상태였다. 특히 패권회의 무인들에 의해 동료를 잃은 백룡상단 무인들의 분노는 무서웠다.

　패권회 한 명에 보표 서넛이 달라붙었다. 한 명이 악착같이 상대의 몸을 붙잡고 늘어지면, 다른 이들이 적의 몸에 검을 찔러 넣었다. 그 과정에서 태반이 죽거나 다쳤지만 망설이는 이는 한 명도 없었다.

　물러설 곳이 없는 자들의 분노는 무서웠고, 그 선두에는 철기당의 무인들이 있었다. 용무성의 상처에 분노한 철기당 무인들 역시 악착같이 패권회 무인들에게 달려들었다.

　그렇게 치열한 전투는 근 반 시진을 이어지다가 끝이 났다.

　"흐흑!"

　"흐어엉!"

　겨우 살아남은 보표들의 울음소리가 곳곳에서 울려 퍼졌

다. 생존한 보표의 수는 겨우 다섯 명에 불과했고, 그마저도 온몸에 많은 상처를 입고 있었다.

"허어! 이럴 수가……."

공진성이 허망한 눈으로 주위를 둘러봤다.

보표들은 모두 그의 수하들이고, 최소 수년 이상을 동고동락한 사이다. 집안에 형제는 몇 명인지, 숟가락은 몇 개 있는지까지 모두 알고 있을 정도이다.

그런 이들의 죽음 앞에 공진성을 할 말을 잃고 말았다.

철기당의 무인들 역시 상태가 그리 좋은 것은 아니었다. 사망자는 나오지 않았지만 다들 크고 작은 상처를 입은 채 바닥에 널브러져 헐떡이고 있었다.

그래도 그들은 살아남았다. 그들을 습격한 패권회의 무인들은 모조리 죽임을 당했다.

채약란이 바위에 등을 기댄 채 한쪽에 무릎을 꿇고 있는 황철을 바라보았다. 황철의 왜소한 어깨는 잔 경련을 일으키고 있었다.

황철의 앞에는 서창회, 오금호, 손무형의 시신이 널브러져 있다. 그들은 끝까지 단 한 명도 물러서지 않았고, 결국 모두 장렬한 최후를 맞이했다.

그들은 끝까지 황철을 원망하지 않았다. 그렇게 그들은 마음 편히 갔을지 모르지만, 살아남은 황철의 가슴에는 커다란

멍이 들고 말았다.

"서 대협, 오 대협, 손 대협."

황철은 떨리는 손으로 그들의 부릅뜬 눈을 감겨주었다.

젊은 시절 그의 우상이던 사람들이다. 그런 우상을 자신의 손으로 베었다. 성취감은 느껴지지 않았다. 대신 그의 가슴을 지배하는 것은 깊이를 짐작할 수 없는 슬픔뿐이었다.

황철의 모습을 보며 하진월이 중얼거렸다.

"그는 스스로의 추억을 베어버렸구나."

하진월은 감히 청춘의 한때를 가득 채우고 있던 추억을 베어버린 황철의 상실감을 짐작조차 할 수 없기에 안타까운 표정으로 바라볼 뿐이었다.

하진월이 문득 하늘을 바라봤다. 다른 사람들에겐 티내지 않았지만, 기실 이곳에서 가장 긴장한 사람은 그였다.

칼을 휘두른 것은 철기당과 백룡상회의 보표들일지 모르지만, 그들을 움직인 이는 바로 그 자신이었다. 수많은 이가 그의 지시에 의해 목숨을 잃거나 구함을 받았다. 결국 이 수라장은 그가 만들어낸 것이나 다름없었다.

강호에 다시 나서기로 했을 때부터 각오한 바였다. 하지만 솔직히 이렇게 빨리 이런 일을 경험하게 될 줄은 몰랐다.

'나 역시 그 녀석의 운명에 휩쓸린 것인가? 너무 빠르군.'

그는 책사였다.

책사는 누구나 자신의 손으로 천하의 패자를 만들길 꿈꾼다. 그런 면에서 보자면 진무원은 책사들이 꿈꾸는 가장 이상적인 존재였다.

하진월의 핏속에 잠재하고 있던 야망이 고개를 내밀고 있었다.

*　　　*　　　*

진무원이 돌아온 것은 해가 지기 직전이었다.

그의 옷은 마치 걸레처럼 다 해져 있었고, 얼굴에는 피로한 기색이 역력했다.

"공자님."

그를 제일 먼저 맞이한 사람은 역시나 황철이었다. 그 뒤를 곽문정과 하진월 등이 따랐다.

"황숙, 무사하셨군요."

"저야 괜찮지만 너무 많은 사람이 죽었습니다."

황철의 말에 진무원이 주위를 둘러봤다. 그런 그의 눈에 암담함이 떠올랐다.

아직도 수습하지 못한 시신들이 바닥에 널려 있다. 시신에서 흘러나온 혈향이 코끝을 비수처럼 후벼왔다. 죽어도 눈을 감지 못한 자들의 원념이 느껴지는 것 같았다.

진무원은 잠시 눈을 감았다. 하진월이 그런 진무원의 표정 변화를 유심히 바라봤다. 그리고 진무원이 다시 눈을 떴을 때 입을 열었다.

"일단 모이자. 이왕지사 일이 벌어졌으니 이젠 수습을 논의해야지."

"수습할 수 있겠습니까?"

"수습할 수 없는 일은 없다. 해결하려는 의지와 능력이 없을 뿐이지."

하진월의 단호한 대답에 진무원이 고개를 끄덕였다.

살아남은 자들이 진무원과 하진월을 중심으로 모였다. 진무원과 하진월을 바라보는 그들의 얼굴에는 피로한 빛이 가득했다.

하진월이 진무원을 바라봤다.

"그도 오라고 하지?"

"그?"

"흑월."

하진월의 대답에 진무원이 반대쪽 어둠 너머를 바라봤다.

"나오십시오."

"……."

"거기 있는 것 다 압니다."

"제길!"

잠시 후 욕설과 함께 누군가 이쪽으로 걸어왔다.

낯선 중년인이다. 그의 얼굴은 보기 싫게 일그러져 있었다.

"도대체 내 은신술을 어떻게 파악한 거냐?"

"그냥 압니다."

"떠그럴!"

욕설을 내뱉으며 털썩 주저앉는 중년인은 바로 청인이었다.

청인까지 모이자 하진월이 입을 열었다.

"아시다시피 우리는 지금 심각한 위협에 처해 있습니다."

"패권회도 물리쳤는데, 위협에서 벗어난 것이 아닙니까?"

반문을 한 이는 철기당의 공손창이었다.

그의 상식으로는 도저히 하진월의 말이 이해가 되지 않았다. 그가 동의를 구하는 눈빛으로 종리무환을 바라봤다. 그가 아는 사람 중에 가장 똑똑한 이가 종리무환이기 때문이다. 그러나 종리무환의 표정 역시 하진월만큼이나 심각했다.

하진월이 진무원을 바라봤다.

"조천우는?"

"이후 그의 이름을 듣는 일은 없을 겁니다."

"역시!"

하진월의 눈빛이 깊어졌다.

조천우가 사라지고 진무원이 나타났다. 이 자리에 있는 사람 중 그것이 뜻하는 바를 모르는 사람은 단 한 명도 없었다. 하지만 본인의 입으로 듣는 것은 또 다른 충격이었다.

'조천우가 쓰러지다니⋯⋯.'

'그 거목이⋯⋯.'

철기당의 당주인 용무성조차도 가볍게 빈사 상태에 빠뜨린 조천우다. 마치 거대한 벽처럼 모두에게 절망만을 안겨주던 그가 그렇게 죽었다는 사실이 쉽게 믿기지 않았다.

'그는 단순히 강호의 신성(新星) 정도가 아니라 이미 절대의 반열에 들어섰구나.'

새로운 전설의 탄생을 직접 목도하고 있다 생각하니 온몸에 전율이 다 일었다.

청인은 그런 중인들의 반응을 십분 이해한다는 표정을 지었다. 자신 역시 조천우가 쓰러지는 광경을 보고 충격을 받았으니까. 아직도 그때의 여운이 진하게 남아 그의 가슴을 지배하고 있었다.

하진월이 한참 동안이나 진무원을 바라봤다. 마치 사람의 속을 꿰뚫어 보는 듯한 현기 어린 시선이었다.

마침내 하진월이 입을 열었다.

"북천문 육대문주 진무원 맞나?"

"⋯⋯."

순간 장내가 정적에 휩싸였다.

모두가 망치로 머리를 얻어맞은 듯한 표정을 지었다. 특히 철기당 무인들의 놀람은 다른 사람들에 비할 바가 아니었다.

진무원의 신분이 평범하진 않을 거라고는 생각했지만 설마 북천문의 당대 문주일 줄은 정말 예상치 못했다.

"으음!"

모두의 심정을 대변하듯 누군가의 입술을 비집고 억눌린 신음성이 흘러나왔다.

진무원이 물었다.

"어떻게 아셨습니까?"

"처음엔 긴가민가하며 의심만 했다. 어쨌거나 북천문은 십 년 전에 완전히 멸문한 것으로 알려졌고, 마지막 후인 역시 죽었다고 소문이 났으니까."

소문은 선입견을 만든다. 중도적인 입장에서 냉철한 사고를 할 수 없게 만드는 것이다.

하진월 역시 처음엔 그랬다. 하지만 소문과 분리시켜서 냉철하게 사고하다 보니 진무원의 신분을 어렵지 않게 추측할 수 있었다.

"문제는 나뿐 아니라 다른 사람들 역시 그렇게 생각하게 될 거란 사실이지. 아직은 정보가 부족해 판단을 보류하고 있지만, 이곳에서 조천우를 쓰러뜨렸다는 소문을 듣게 되면 누구나 나처럼 생각하게 될 게야."

하진월의 설명이 이어질수록 황철의 표정이 심각하게 변했다. 사태의 심각성을 인지한 까닭이다.

진무원 개인의 무력은 다른 절대고수들에게 뒤질 바가 아니었지만 세력이 부족했다.

운중천이라는 초거대 단체가 중원을 장악한 지금 혼자서 할 수 있는 일은 거의 없었다. 아무리 진무원이 강하다고 하더라도 물량 공세를 펼치는 운중천을 당해낼 수 없다는 뜻이다.

진무원이 북천문의 당대 문주라는 사실이 알려지면 운중천은 반드시 그를 제거하기 위해 움직일 것이다.

문제는 진무원이 혼자라는 것이다.

한 손이 열 손을 당해낼 수 없듯이 운중천이 물량 공세를 펼치면 제아무리 진무원이라도 당해낼 수 없을 것이 분명했다.

문득 하진월의 시선이 황철을 향했다. 그의 입가에 떠올라 있는 의미심장한 미소를 보는 순간 황철은 심장이 덜컥 내려앉는 것을 느꼈다.

그가 입을 열었다.

"무원이 황숙이라 부르니 저도 그렇게 부르죠, 황숙."

"마, 말씀하십시오."

"우리 솔직히 까놓고 이야기합시다."

"무슨?"

"아직도 연락하는 사람들 많이 있죠?"

"무슨 말씀이십니까?"

"북천문."

"⋯⋯."

순간 황철의 눈동자가 흔들렸고, 하진월은 그 변화를 놓치지 않았다.

"역시 그렇군요. 아무리 계산해 봐도 숫자가 맞질 않더군요."

대부분의 사람은 북천문의 무인들이 북천사주에 의해 사등분되었다고 생각했다. 하지만 하진월의 계산에 의하면 오히려 낭인으로 남은 사람이 더 많았다.

"사람이라면 누구나 고향에 대한 그리움은 있는 법. 비록 운중천과 북천사주에 의해 강제 해산되었지만 모두가 그들을 따르는 것은 아닐 터. 그런 이들끼리 서로 연락을 주고받지 않을까 짐작했는데 역시 제 생각이 맞나 보군요."

하진월의 논리정연한 말에 황철은 그만 할 말을 잃고 말았다. 그에 진무원이 물었다.

"정말입니까?"

"휴! 몇몇 사람하고는 아직까지 연락을 하고 있습니다. 공자님께는 미리 말씀드리지 못해 죄송합니다."

황철의 말에 진무원의 표정이 한결 밝아졌다.

"그들은 북천문을 잊지 않았군요."

"누구라도 북천문을 잊을 수 없을 겁니다, 공자님. 나중에 시간이 되면 그들을 한자리에 불러 모으겠습니다. 그들도 공자님을 보시면 좋아할 겁니다."

"아, 그 일은 나중에 하십시오. 아직은 그들이 필요 없으니까. 일단 확인한 걸로 족합니다. 일단 한 가지는 해결됐고, 다음은 당신."

하진월의 시선이 청인을 향했다. 그의 시선을 받은 청인이 움찔했다.

"나?"

"그래, 당신."

"왜?"

"흑월 좀 움직여 줘야겠어."

"내가 왜?"

"공동운명체가 됐으니까. 이제 와 흑월 혼자만 발을 빼는 것도 모양새가 좋지 않잖아?"

청인의 얼굴이 종잇장처럼 구겨졌다. 그러거나 말거나 하진월은 자신이 할 말만 계속했다.

"아직은 이놈이 전면에 나설 때가 아냐. 천하를 움직이려

면 더 힘을 키워야 해. 그러니까 그때까지 당신이 도와줘야겠
어."

"그러는 당신은 무슨 자격으로 그런 말을 하는 거지? 합류
한 지 며칠 되지도 않은 주제에."

청인의 음성에 날이 섰다. 하지만 하진월은 대수롭지 않게
대답했다. 그의 시선이 진무원을 향했다.

"그가 나를 믿으니까. 그렇지 않나?"

자신만만한 그의 대답에 진무원이 인상을 썼다. 하지만 그
의 답은 하진월의 기대를 배신하지 않았다.

진무원은 말없이 고개를 끄덕였다. 이상한 말이지만, 진무
원은 하진월을 믿었다. 이성이나 머리로 판단한 것이 아니다.
그의 가슴이 그렇게 말하고 있었다.

청인의 표정이 더욱 일그러졌다.

"그래서 어떡하겠다는 거야? 이 녀석이 조천우를 죽인 사
실이 곧 천하에 널리 알려질 텐데."

"혼수모어."

청인이 고개를 갸웃했다.

삼십육계 중 하나인 혼수모어(混水摸魚), 물을 혼탁하게 해
서 고기를 잡는다는 뜻이다. 하지만 이 경우 어떻게 적용된다
는 것인지 알 수가 없었다.

하진월이 미소를 지었다.

"정보의 과잉은 판단의 혼란을 가져오는 법이지."

"그러니까 어떻게?"

"마침 우리에겐 좋은 핑계가 있지 않은가?"

"아, 그러니까 속 시원히 말하라니까."

"밀야!"

"밀야?"

"그래, 밀야. 패권회와 밀야의 충돌. 어때? 제법 그림이 나오지 않아?"

"아!"

사람들이 자신도 모르게 탄성을 내뱉었다.

진무원이 물었다.

"가능하겠습니까? 상대는 운중천입니다. 그들은 결코 쉽게 믿지 않을 겁니다."

"가능하냐고? 나 하진월이야."

그의 광오한 음성이 바람에 흩어졌다.

* * *

호북성(湖北城)의 성도인 무한(武漢)은 양자강과 한수의 합류점에 위치해 있어 수륙 교통의 중심지였다. 동호(東湖)와 홍호(洪湖) 등 수많은 호수와 강들이 마치 거미줄처럼 촘촘히 연결되어 있기에 하루에도 수많은 이가 물길을 이용해 무한을 찾곤 했다. 하지만 근래 들어 무한보다도 더 많은 이가 찾는 곳이 있었으니 바로 한천(漢川)이었다.

무한에서 서쪽으로 백여 리 떨어진 곳에 위치한 한천에는 천하에서 가장 유명한 단체의 총본산이 자리 잡고 있었다.

운중천(雲中天).

강호무림을 지배하는 초거대 세력이 한천이라 불리는 호수 한가운데 있는 조그만 섬에 자리를 잡고 있었다. 둘레만 사십여 리가 넘는 섬 안에는 수십 개의 크고 작은 전각이 빼곡히 들어차 있었다.

운중천은 오직 정문으로 연결된 다리를 통해서만 출입이 가능했는데, 다리 위에는 항상 수십 명의 무사가 경계를 서고 있었다. 허락을 받지 않거나 신분이 증명되지 않는 자는 출입이 불가능했고, 이에 예외는 존재하지 않았다.

운중천은 각 문파에서 파견 나온 무인들과 항시 상주하는 무인들로 북적거렸다. 수천 명의 무인이 한 공간에서 생활하다 보니 자연 막대한 양의 물자가 소요될 수밖에 없었다.

그 때문에 하루에도 수십 대의 마차와 수백 명의 상인이 운중천을 드나들면서 물자를 실어 날랐다.

운중천으로 통하는 유일한 다리 주위에는 자연스럽게 커다란 마을이 형성되었는데, 그 규모가 어지간한 현(縣)에 육

박할 정도였다.

이 마을에 사는 사람들은 스스로를 선택받은 사람들이라 부를 정도로 운중천에 대한 자부심이 강했다. 그래서 마을의 이름 또한 운중현(雲中縣)이라 불렀다.

운중현은 단순한 마을이 아니었다. 풍운의 꿈을 안고 올라온 젊은 무인들, 항시 운중천의 동향에 신경 쓸 수밖에 없는 중소 문파의 비간(秘間)들, 그리고 각기 야망을 품은 자들이 모여 사는 또 하나의 작은 강호였다.

사람들이 모이다 보니 돈이 모이고, 그 돈을 노린 각종 상인들과 기녀들이 흘러들어 오고, 그곳에서 다시 정보가 모였다가 흩어졌다. 사정이 그렇다 보니 운중현에 사는 사람 중 평범한 이는 거의 없었다.

청화객잔(靑花客棧)은 운중현의 외곽에 위치한 허름한 객잔이었다. 운중현의 다른 객잔들보다 비용이 싸고 저렴해 가난한 젊은 무인들이 가장 많이 머무는 곳이기도 했다.

청화객잔의 일 층 식당은 수많은 사람으로 북적거리고 있었다. 그들 대부분은 운중천에 입성할 기회를 노리는 젊은 무인들이었다. 평소에도 많은 이가 모이는 곳이지만 요 근래에는 손님이 배 이상 늘었다.

운중천에서 젊은 무인들로 이뤄진 새로운 조직을 만든다는 소문을 듣고 수많은 무인이 찾아온 것이다. 그들은 운중천

의 정문이 열리기만을 기다리며 다른 곳보다 저렴한 청화객
잔에 머물고 있었다.

청화객잔의 문이 벌컥 열리며 젊은 무인이 들어왔다. 하지
만 식당에 있는 사람 중 젊은 무인에게 신경을 쓰는 이는 단
한 명도 없었다. 하루에도 수많은 이가 청화객잔을 찾아왔고
또 나갔다. 단순히 스쳐 지나갈 인연에게 신경을 쓸 바에야
운중천의 동향에 이목을 곤두세우고 소문이라도 하나 더 주
워듣는 것이 남는 장사였다.

젊은 무인은 잠시 주위를 두리번거리다가 계산대에 앉아
있는 주인에게 다가가 뭐라고 속삭였다. 그의 이야기를 들은
주인이 계단을 손가락으로 가리켰다.

젊은 무인은 계단을 올라 삼 층으로 향했다. 삼 층 복도 끝
에는 두 명의 젊은 장정이 지키고 있는 방이 있었다. 장정은
젊은 무인과 몇 마디 이야기를 하더니 안으로 들여보내 줬다.

방 안은 무척이나 검소했다. 탁자와 의자 등 투박한 가구가
전부였고, 그 흔한 장식장 하나 없었다. 탁자에는 한 남자가
등을 돌린 채 앉아 있었다.

그리 크지 않은 평범한 체구의 남자였다. 남자의 등에서는
오랜 관록과 단단함이 느껴졌다. 그는 젊은 무인이 들어온 것
을 아는지 모르는지 계속해서 무언가를 쓰고 있었다.

젊은 무인은 숨을 죽인 채 그런 남자의 뒷모습을 한참이나

바라보았다.

슥슥!

좁은 방 안에 남자가 붓을 놀리는 소리만 들려왔다. 젊은 남자에게는 그 소리가 마치 검이 허공을 가르는 소리처럼 느껴졌다.

그렇게 얼마나 지났을까? 남자가 마침내 붓을 내려놓고 종이를 돌돌 말았다. 그는 어린아이 손가락만 하게 돌돌 말린 종이를 조그만 통에 넣고 휘파람을 길게 불었다.

젊은 무인은 그런 남자의 모습을 의아한 표정으로 바라보았다. 하지만 이내 의문이 풀렸다.

곧 푸드득 하는 소리와 함께 창가에 새 한 마리가 날아온 것이다.

'전서응?'

흔히들 해동청이라고 부르는 조그만 매였다. 덩치는 비록 작지만 무척이나 날래고 사나워 길들이기가 쉽지 않은 놈이다. 하지만 일단 길만 들이면 천하의 그 어떤 전서구보다 빠르고 정확하게 소식을 전할 수 있었다.

남자는 전서응의 다리에 조그만 통을 단단히 동여맨 후 날려 보냈다. 전서응이 시야에서 사라진 후에야 그가 등을 돌렸다. 그러자 남자의 민낯이 드러났다.

나이는 삼십 대 후반에 마치 얼음처럼 차가운 표정과 날카로운 눈매가 보는 이로 하여금 섬뜩한 느낌을 받게 했다. 남자의 목에는 특이하게 조그만 가죽 주머니가 목걸이처럼 걸려 있었다.

그가 젊은 무인을 보며 입을 열었다.

"무슨 일인가?"

"운남에서 지급으로 온 보고입니다."

"운남?"

젊은 무인의 대답에 남자가 눈을 빛냈다. 젊은 무인은 품에서 봉서를 꺼내 남자에게 공손히 바쳤다.

남자는 봉서를 열고 그 안에 담긴 서신을 읽기 시작했다.

"조천우 실종?"

서신을 읽을수록 남자의 얼굴이 시시각각 변해갔다.

"이게 사실인가?"

"운남성에서 파견된 적무당이 보내온 서신입니다."

"적무당? 당주가 담주인이었지?"

"그렇습니다."

젊은 무인의 대답에 남자가 서신을 내려놓고 자신의 턱을 쓰다듬었다. 젊은 무인은 그런 남자를 긴장 어린 시선으로 바라보았다.

남자는 평범한 사람이 아니었다.

남자는 추밀당(追密堂)을 이끄는 당주였다.

운중천에는 수많은 비밀 조직이 존재했다. 추밀당 역시 그런 조직 중 하나였다.

추밀당은 운중천의 잠재적인 적의 동향을 파악하고 정보를 수집하는 조직이었다. 추밀당에서 수집된 정보는 총관부를 비롯한 운중천의 각 정보 조직에 전해졌다.

즉 추밀당이 적으로 규정하는 자는 운중천에서도 적으로 규정했다. 그 때문에 많은 이가 추밀당을 두려워했다. 혹시라도 추밀당에 밉보이는 순간 자신들 역시 운중천의 적으로 규정될지도 모르기 때문이다.

남자는 그런 막강한 권한을 갖고 있었다. 하지만 대부분의 사람은 청화객잔이 추밀당의 본거지이며 남자가 추밀당주라는 사실을 알지 못했다.

남자의 신분은 철저하게 비밀에 붙여졌으며, 오직 운중천의 수뇌부 몇 명만이 그 사실을 알고 있었다.

"조천우가 실종되었단 말이지?"

남자는 자신의 턱을 쓰다듬으며 한참을 무어라 중얼거렸고, 젊은 무인은 그런 남자의 모습을 조용히 지켜보았다.

"수하들에게 적무당의 움직임을 예의 주시하라고 전하도록."

"예, 알겠습니다."

젊은 무인은 남자의 이상한 명령에도 한 치의 의문도 갖지 않았다. 그만큼 그는 남자를 절대적으로 신뢰하고 있었다.

남자의 손짓에 젊은 무인이 포권을 취한 후 밖으로 나갔다. 홀로 남은 남자는 촛불에 서신을 불태웠다. 서신은 순식간에 재가 되어 허공에 흩어졌다.

남자는 서랍에서 커다란 지도를 꺼내 탁자 위에 펼쳤다. 중원전도였다. 운중천이 있는 호북성을 비롯해 운남성, 감숙성 등 중원 전역의 지형이 세밀하게 묘사된 지도였다.

운중천에서 수십 년 동안 막대한 자금을 투자해 만들어낸 지도이다. 운중천 내에서도 이 지도를 사용할 수 있는 권한을 가진 자는 그리 많지 않았다.

남자는 바둑돌을 꺼내 중원전도 위에 늘어놓기 시작했다.

"이것이 그의 행로."

흰 돌이 감숙성에서 시작해 사천성, 운남성으로 이어졌다.

남자는 이어서 검은 돌을 운남성 곳곳에 올려놓았다.

"이것이 이제까지 드러난 밀야의 흔적."

남자는 턱을 쓰다듬으며 한참을 중원전도를 바라보았다. 마뜩치 않은 표정을 짓던 남자가 이번에는 특별히 제작한 푸른 돌을 운남성의 중심에 올려뒀다.

"패권회, 그리고 조천우의 흔적."

남자는 무엇이 마음에 들지 않는 듯 미간을 찌푸리다가 이번에는 붉은 돌을 꺼내 운남성 주변에 배치했다.

"적무당의 배치."

그제야 그가 원하는 그림이 완성됐다.

현재 운남성의 상황이 일목요연하게 보였다. 남자의 머릿속에서 수많은 정보가 취합되어 차곡차곡 정리되기 시작했다.

"그가 철검문(鐵劍門)의 마지막 전인이라고?"

그는 현재 강호에 가장 큰 위명을 떨치는 신진무인의 이름을 떠올렸다. 그것만으로도 그의 가슴은 거세게 뛰고 있었다.

"아니다. 그는 주군이 분명하다."

그의 이름을 처음 듣는 그 순간부터 그런 생각이 머릿속에서 떠나지 않았다.

손바닥에 땀이 차고 어깨에 절로 힘이 들어갔다. 그는 남자의 피를 들끓게 만드는 유일한 사람이었다.

남자의 이름은 소무상이었다.

칠 년 전 북천문에 파견되었던 그가 추밀당주라는 신분으로 복귀한 것이다.

북천문이 전소하고 운중천으로 소환된 소무상은 이루 말로 표현할 수 없는 고초를 겪었다. 그는 당시의 참화를 처음부터 끝까지 경험한 마지막 생존자였다.

운중천에서는 정확한 정보를 얻기 위해 전문가들이 달라붙었다. 말이 전문가지 사실은 고문 기술자들이나 다름없는 이들이었다. 그들은 소무상의 곁에 붙어 진실을 토해내게 하는 수많은 기법을 사용했다.

그들의 고문 아닌 고문에 소무상의 정신과 육체는 피폐해질 대로 피폐해져 갔다. 하지만 그는 결코 진무원의 생존 사실을 말하지 않았다.

그렇게 일 년이란 시간이 지나갔다. 그제야 운중천은 소무상의 증언이 사실이라고 받아들였다.

즉 진무원의 죽음을 기정사실화한 것이다.

그제야 자유를 얻은 소무상은 운중천의 밑바닥에서부터 다시 시작했다. 누구도 그를 신경 쓰지 않았다. 소무상은 철저하게 자신의 힘으로 일어서야 했다.

소무상은 이를 악물었다.

운중천은 그를 버렸지만 난 한 명, 진무원만큼은 그를 버리지 않았다.

그는 일부러 진무원에게 연락을 하지 않았다. 혹시 자신의 일거수일투족이 감시당할지 모른다는 생각에서였다. 그리고 그의 짐작은 맞았다.

그에 대한 운중천의 은밀한 감시는 무려 삼 년이나 더 이어졌다. 삼 년을 더 감시당한 끝에 소무상은 진정한 자유를 얻었다.

그 긴 시간 동안 소무상은 오직 무공을 익히는 데만 열중했다. 진무원이 전해준 심득을 완벽하게 자신의 것으로 소화한 것이다.

그때부터 소무상은 점차 두각을 나타내기 시작했다. 운중천도 그에 대한 의심을 거두고 점차 중용하기 시작했다. 그렇게 소무상은 서서히 자신의 위치를 확보해 갔고, 그 결과 지금의 추밀당주 자리에 오를 수 있었다.

소무상은 추밀당주로서 최선을 다했다.

운중천 안에서 자리를 확고히 하는 것만이 진무원을 위한 길이라 여겼기 때문이다.

소무상은 최근 북검이라는 별호로 강호에 출두한 진무원이라는 존재를 주목했다. 아니, 그가 북천문의 진무원이라고 확신했다.

가슴이 두근거리고 피가 들끓었다.

그런 생각이 들게 만드는 남자는 오직 단 한 명, 그의 주군인 진무원뿐이었다.

마음 같아서는 추밀당이고 뭐고 당장 때려치우고 한달음에 진무원에게 달려가고 싶었다. 하지만 그럴 수가 없었다.

"무공은 대성했을지 모르지만 아직은 주군의 기반이 너무 약하다. 주군이 기반을 마련할 때까지 운중천의 이목을 끄는 것을 막아야 한다."

곧 난세가 시작될 것이다.

단순한 감(感)이 아니었다. 추밀당의 당주로서 수많은 정보를 접하면서 얻어낸 추론이다.

"밀야나 운중천이나 모두 숨고르기를 하고 있다. 숨고르기가 끝나면 온 힘을 다해 격돌하겠지."

수십 년 동안 한껏 응축된 힘이 격돌하는 셈이다.

봉인이 풀린 파괴력의 여파가 어느 정도일지 소무상은 감히 상상조차 할 수 없었다. 지금 그가 아는 것은 단지 끔찍한 미래가 기다리고 있다는 것뿐이다.

"내 주군은 오직 한 명, 그뿐이다. 그를 위해 이곳에서 버틴다."

소무상이 결연한 목소리가 허공에 흩어졌다.

*　　　*　　　*

진무원과 백룡상단, 철기당의 무인들은 덕굉현에 도착했다.

덕굉현(德宏縣)은 운남성과 사천성, 서장의 접경 지역에 위치한 조그만 현이다. 중원의 문물과 서장의 문물이 혼합되었기에 이국적인 느낌이 한껏 풍기는 곳이 바로 덕굉현이었다.

일행이 덕굉현에 온 것은 하진월의 의견 때문이었다.

"중원에서는 운중천의 눈을 피할 수 없어. 차라리 멀리 돌아가더라도 서장을 통해서 감숙성으로 가는 것이 나을 게야."

용무성과 철기당은 하진월의 의견을 받아들였다.

백룡상단의 보표들도 거의 죽고 남은 이는 몇 명 안 됐다. 철기당의 무인까지 모두 합하더라도 스무 명이 채 안 되는 인원이다. 출발할 때 인원의 오분지 일에 불과했다.

이 정도 인원으로는 만일의 상황에 제대로 대응할 수 없다는 사실을 절감했기에 용무성과 백룡상단의 보표들은 서장을 통해 감숙성으로 돌아가는 먼 여정을 택했다.

갈림길에서 윤자명이 진무원에게 정중하게 포권을 취했다.

"그동안의 도움에 감사드립니다, 진 소협. 덕분에 여기까지 올 수 있었습니다."

"저 혼자 한 일이 아닙니다. 여러 사람의 희생이 있었기에 가능했던 일입니다. 그들에 대한 보상을 절대 잊어서는 안 될 겁니다."

"물론입니다. 저를 위해 희생하신 사람들에 대한 보답은 확실히 할 겁니다."

"그거면 됐습니다."

"언제라도 어려운 일이 생기면 꼭 백룡상단에 연락 주십시오. 백룡상단의 모든 것을 동원해 진 소협을 지원하겠습니다."

"말씀만으로도 감사합니다."

"말만이 아닙니다. 이 윤자명, 신의가 무엇인지 진 소협을 보고 깨달았습니다. 이제까진 단순히 돈을 보고 살아왔지만, 이후부터는 더 큰 목적을 위해 살아가겠습니다."

윤자명의 음성에는 이전에 없던 굳은 신념이 담겨 있었다.

일련의 사건을 겪으면서 그 역시 심경의 변화를 겪었고, 세상을 보는 눈 자체가 달라졌다.

진무원은 그에게 고개를 숙인 후 황철과 곽문정을 향해 다가갔다.

"황숙."

"제 걱정은 하지 마십시오. 무공을 완성하는 즉시 공자님을 찾아가겠습니다."

"예."

진무원의 시선이 황철의 곁에 있는 곽문정을 향했다.

"황숙을 잘 부탁한다."

"예, 걱정하지 마세요. 형이야말로 몸조심하세요."

곽문정이 자신의 가슴을 탕탕 치며 대답했다. 그런 그의 눈동자는 붉게 충혈되어 있었다.

분했다.

진무원에게 아무런 힘이 될 수 없다는 것이.

자신이 겨우 그 정도밖에 안 되는 존재라는 사실이.

곽문정이 애써 눈물을 참으며 밝게 웃었다. 진무원이 그런 곽문정의 머리를 쓰다듬어 주었다.

진무원은 황철과 곽문정에게 미소를 보여준 후 몸을 돌렸다.

하진월과 청인, 당기문 숙질이 그를 기다리고 있었다.

이젠 운중천을 향해 떠날 시간이었다.

바람이 불어오고 있었다.

진무원의 시선이 북쪽으로 향했다.

*　　　*　　　*

그곳은 무척이나 거대한 협곡이었다. 깎아지르는 듯한 절벽이 양쪽으로 서 있고, 그 한가운데를 큰 계곡이 가로지르고 있었다.

절벽은 칼날을 세워놓은 것처럼 날카롭고, 굉음을 내며 흘러내리는 계곡물은 세상을 모조리 휩쓸어 버릴 것처럼 사납기 그지없었다.

협곡 곳곳에 검은 무복을 입은 사내들이 은신해 있었다. 그들은 주위의 풍경과 완벽하게 동화된 채 숨을 죽이고 있었다.

숨을 죽이고, 기척을 지우고, 체온마저 떨어뜨려 자신의 존재감을 최대한 지운 자들의 수는 무려 백여 명이 넘었다. 그들은 고도의 훈련을 받은 암살자들이었다.

청련살문(靑蓮殺門).

무려 이백 년의 역사를 자랑하는 자객의 집단이다.

이제껏 단 한 번의 암살도 실패하지 않았고, 그들의 목표가 된 이는 반드시 죽임을 당했다. 그래서 자객들의 전설이 된 전설적인 살문.

얼마 전 그들에게 의뢰 하나가 들어왔다.

목표는 오직 한 명.

대가는 수만금이었다. 청련살문이 십 년을 일해야 얻을 수 있는 어마어마한 액수였다. 의뢰자는 불분명했지만 청련살문은 의뢰를 받아들였다.

그를 제거하기 위해 고용된 청련살문의 자객 수는 무려 백여 명. 사실상 청련살문의 모든 자객이 이 한 번의 의뢰를 위해 동원된 것이다. 청련살문 역사상 처음 있는 일이었다.

어지간해서는 움직이는 일이 없는 청련살문의 문주 백견수도 이 한 번의 의뢰를 위해 직접 나섰다.

'이 의뢰는 반드시 성공해야 한다.'

백견수는 이번 살행에 청련살문의 운명이 걸려 있음을 직감했다. 때문에 휘하의 자객들에게도 어떠한 희생을 치르더라도 반드시 목표물을 제거할 것을 지시해 놓은 상태이다.

그들이 내뿜는 은은한 살기에 동물들은 물론이고 벌레들마저 울음을 멈췄다. 인간은 느끼지는 못하는 미세한 살기를 느끼고 겁을 집어먹은 것이다.

투웅!

갑작스러운 기파에 은신해 있던 자객들이 움찔했고, 날개를 접고 있던 새들이 일제히 하늘로 날아올랐다.

그만큼 기파는 강렬했으며 심혼을 울리는 강렬한 진동을 발산하고 있었다.

'시작이다.'

백견수는 그들이 제거해야 할 대상이 나타났음을 직감했다.

사사삭!

이제껏 숨을 죽이고 있던 자객들이 본격적으로 움직이기 시작했다. 그들은 주변 풍경과 동화된 채 목표가 나타난 곳으로 짐작되는 방향을 향해 내달리기 시작했다. 하지만 백견수는 움직이지 않았다.

그는 일반 자객이 아니었다. 다른 자객들이 실패했을 때를 대비한 최후의 보루였다. 이곳에서 끝까지 은신한 채 때를 기다릴 것이다.

'그 어떤 대상이라도 청련살문의 손을 피할 수는 없다.'

백견수는 자신의 차례까지 오지 않으리라 확신했다. 그만큼 그는 부하들을 믿었다. 개개인이 수십 차례의 살행을 성공시킨 특급암살자가 십여 명이나 포함되어 있다. 그들을 믿지 못한다면 천하에 믿을 수 있는 사람은 아무도 없을 것이다.

쾅!

갑자기 협곡 북쪽에서 굉음이 울려 퍼졌다. 바위 사이에 은신하고 있던 백견수에게도 강한 진동이 전해졌다.

'고수, 그것도 극강의 고수.'

굉음이 울려 퍼진 곳과 그가 은신해 있는 곳의 거리는 어림잡아 삼백여 장. 그 정도의 거리를 격하고 전해지는 진동이라니 그의 상상 이상이었다.

백견수는 자신도 모르게 손바닥에 땀이 촉촉하게 배는 것을 느꼈다. 하지만 그럴수록 백견수는 더욱 이성적으로 변했다. 그는 의식적으로 육체의 반응을 조절했다.

심박 수를 낮추고 체온을 주위의 기온과 거의 같을 정도로 떨어뜨렸다. 특급 자객은 어떠한 경우에도 자신의 감정과 육체를 조절할 수 있어야 했다.

백견수의 별호는 무음살검(無音殺劍)이었다. 그는 초절정의 경지에 이른 고수를 셋이나 죽인 경험이 있는 자객 중의 자객이었다.

쾅!

다시 한 번 그의 감각을 자극하는 굉음이 울려 퍼졌다.

이전보다 소리는 작은데 이상하게 느껴지는 진동은 더욱 격렬했다.

쿵!

다시 한 번 폭음이 울려 퍼졌다. 마찬가지로 좀 전보다 소리는 더 작아졌는데 느껴지는 존재감은 더욱 커졌다.

'이건?'

백견수가 자객의 금기를 깨고 동요했다.

피부 위로 지렁이가 스멀스멀 기어가는 것 같은 불길한 느낌이 척추를 자극했다.

이상하게 가슴이 울렁였다. 이런 적은 처음이기에 백견수는 더욱 당황했다. 이성보다 몸이 먼저 반응하고 있었다. 자객이 된 이후 이런 반응은 처음이었다.

결국 백견수는 금기를 깨고 몸을 일으켰다. 그는 굉음의 근원을 찾아 움직였다.

북쪽으로 백여 장을 이동했을 때 다시 한 번 폭음이 울려 퍼지더니 근처 수풀로 무언가 후두두 떨어져 내렸다.

수풀에 처박힌 물체를 확인한 순간 백견수의 미간이 꿈틀거렸다. 원형을 알아보지 못할 정도로 일그러진 고깃덩이는 그의 수하였다.

'유명.'

그의 한쪽 팔이나 다름없는 수하다. 특급 자객으로 수없이 많은 살행을 성공시켜 그의 총애를 받던 자다. 그런 이가 형체를 알아볼 수 없을 정도로 짓이겨져 있다.

쿠콰콰!

그리 멀지 않은 곳에서 강렬한 기파가 폭풍처럼 몰아쳤다. 나뭇가지가 미친 듯이 흔들리고 낙엽이 비처럼 흩날렸다.

"큭!"

백견수가 기파의 근원을 향해 몸을 날렸다.

커다란 나뭇가지 위에 올라앉는 순간 그의 눈동자가 크게 떠졌다. 믿을 수 없을 정도로 충격적인 광경이 펼쳐지고 있었기 때문이다.

휘류류!

은백색의 폭풍이 휘몰아치고 있었다.

칼날 같은 바람에 암습하던 자객들의 몸이 잘려 나가고 있었다. 두 동강이, 세 동강이 난 시신이 널브러지고, 선혈이 바람을 타고 사방으로 비산했다.

백견수의 부하들은 혼신의 힘을 다해 은백색의 구체를 공격했다.

독을 묻힌 암기가 공기를 가르며 날아가고, 각종 무기가 망막을 가득 채웠다. 그야말로 필사의 공격이었다.

투퉁!

그러나 자객들의 공격은 은백색의 구체에 막혀 힘없이 떨어지거나 오히려 튕겨나갔다. 그 직후 은백색 구체의 반격이 시작됐다.

예의 은백색 칼바람이 일어나 공격해 온 자객들을 공격했다.

"크헉!"

"흑!"

어떠한 경우에도 절대 소리를 뱉지 않게 훈련을 받은 자객들이 공포가 섞인 비명을 내지르며 죽어가고 있었다.

'이건 도대체?'

백견수의 상식으로는 도저히 이해할 수도, 납득할 수도 없는 광경이었다.

백여 명이 넘어가던 부하들은 이제 겨우 십여 명밖에 남지 않았다. 살아남은 자들도 금방 꺼질 촛불처럼 위태해 보였다.

결국 백견수가 더 이상 참지 못하고 은백색 구체를 향해 몸을 날렸다.

은밀히 움직여야 한다는 자객의 절대 금기를 깰 만큼 그는 절박했다.

그의 본능이 속삭이고 있었다. 저 은백색의 구체에 가까이 다가가는 순간 죽는다고. 항거할 수 없는 그 무언가가 저 은백색의 구체 안에 웅크리고 있다고.

자객의 길을 걸으면서 마비되었다고 생각한 감성과 두려

움이 생생하게 살아났다. 그래서 백견수는 오히려 더 필사적으로 움직였다. 두렵다고 물러선다면 그것으로 자객의 생명은 끝이 난다는 사실을 너무나 잘 알고 있기에.

혼신의 공력을 검에 주입했다.

일검에 격살하지 못하면 오히려 죽임을 당한다.

쉬가악!

그의 검이 공기를 가르며 은백색 구체를 향해 날아갔다. 그와 동시에 다른 자객들도 혼신의 힘을 다해 공격했다.

그들의 파상 공세에 놀랐는지 은백색의 구체가 갑자기 조그맣게 응축됐다. 하지만 그것도 잠시, 이내 은백색의 기류가 사방으로 폭발했다.

쿠콰카각!

모든 것이 잘려나갔다.

자객들의 검도, 자객들도.

백견수의 몸도 허리에서 두 동강이 났다.

반대 방향으로 추락하는 자신의 하체를 보며 백견수는 생각했다.

'뭐지, 저 괴물은?'

그것이 그의 마지막 사고였다.

후두둑!

수풀과 나무 위로 피비가 내렸다. 그제야 은백색 기류는 자신의 할 일을 다했다는 듯이 사라져 갔다.

은백색의 기류가 사라진 자리에 서 있는 것은 이제 겨우 열 대여섯 살 정도로 보이는 어린 소녀였다.

유난히도 창백해 보이는 하얀 피부와 흑옥같이 선명한 검은 눈동자, 금방이라도 선혈이 뚝뚝 떨어질 듯 붉은 입술과 바람에 부드럽게 흩날리는 푸른 머리카락.

방금 전 가공할 살육을 저질렀다는 것이 믿어지지 않을 정도로 소녀는 압도적인 미모와 신비스러운 분위기를 발산하고 있었다. 소녀의 머리에는 마치 살아 있는 것처럼 생생한 꽃 모양의 장신구가 꽂혀 있어 아름다움을 배가시키고 있었다.

갑자기 그녀의 앞에 검은 그림자가 뚝 떨어져 내렸다.

남자인지 여자인지 구별할 수 없을 정도로 펑퍼짐한 검은 피풍의를 걸친 인형이 소녀 앞에 부복했다.

검은 인형이 고개를 숙이며 입을 열었다.

"소주, 대공을 이루신 것을 경하드립니다."

주위에 혈향이 진동하고 있었지만, 검은 인형은 눈 하나 깜빡이지 않았다. 그의 시선은 오직 소녀를 향해 있었다.

소녀의 성취를 알아보기 위해 청련살문에 암살 의뢰를 넣은 이는 바로 검은 인형이었다. 소녀도 그 사실을 알고 있었다.

마침내 소녀가 입을 열었다.

"사령, 시간이 얼마나 지난 거지?"

"칠 년입니다."

"칠 년…… 시간이 벌써 그렇게 흐른 건가?"

"소주께서는 하나도 변하지 않으셨습니다."

사령의 눈가가 파르르 떨렸다.

처음 이곳에 들어올 때도 소녀는 저 모습이었다. 칠 년이란 시간이 흘렀지만 그녀는 처음 모습 그대로였다.

멈춰진 시간 속에 사는 소녀의 이름은 은한설이었다.

『북검전기』 6권에 계속…

眞家

진가도

2부

백준 新무협 판타지 소설

FANTASTIC ORIENTAL HEROES

진가도(眞家刀)!!

하늘 아래 오직 단 하나의 칼이 존재했으니,
그것은 진가(眞家)의 칼이었다.

"우린… 왜… 그렇게 만났지?"
언젠가 그녀가 내게 물어왔었다.
그때는 대답하지 않았으나 알고는 있었다.
단지 눈앞에 강한 자가 있으니까.
—본문 中발췌.

풍신서윤

風神 徐潤

강태훈 新무협 판타지 소설

FANTASTIC ORIENTAL HEROES

2015년 대미를 장식할 무협 기대작!

『풍신서윤』

부모를 잃은 서윤에게 찾아온
권왕 신도장천과 구명지은의 연.
그러나 마교의 준동은
그 인연을 죽음으로 이끄는데…….

"나는 권왕이었지만
너는 풍신(風神)이 되거라!"

권왕의 유언이 불러온 새로운 전설의 도래.
혼란스러운 세상을 정화하는 풍신의 질주가 시작된다!

Book Publishing CHUNGEORAM

이민섭 新무협 판타지 소설

ORIENTAL HEROES

역천마신

사술을 경계하라!

『역천마신』

소림의 인정을 받지 못한 비운의 제자 백문현.
무림맹과 마교의 음모로 무림 공적으로 몰린
그에게 찾아온 선택의 기회.

"사술, 이것을 받아들인다면 인세에 다시없을 악귀가 될 것이네."

복수를 위해 영혼을 걸고 시전한 사술이 이끈 곳은
제남의 망나니 단진천의 몸.

"무림맹 그리고 마교, 그 두 곳을 박살 낼 것이다."

이제 그의 행보에 전 무림이 긴장한다!

Book Publishing CHUNGEORAM

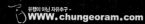